Alta infidelidad

Rosa Beltrán

Alta infidelidad

ALTA INFIDELIDAD
D. R. © Rosa Beltrán, 2006

ALFAGUARA

De esta edición:
   D. R. © Santillana Ediciones Generales, S.A. de C.V., 2006
   Av. Universidad 767, Col. del Valle
   México, 03100, D.F. Teléfono 5420 7530
   www.alfaguara.com.mx

- Distribuidora y Editora Aguilar, Altea, Taurus, Alfaguara, S.A.
  Calle 80 No. 10-23. Santafé de Bogotá, Colombia.
  Tel.: 6 35 12 00
- Santillana S.A.
  Torrelaguna, 60-28043. Madrid.
- Santillana S.A.
  Avda. Sán Felipe 731. Lima.
- Editorial Santillana S.A.
  Av. Rómulo Gallegos, Edif. Zulia 1er. piso
  Boleita Nte. Caracas 1071. Venezuela.
- Editorial Santillana Inc.
  P.O. Box 5462 Hato Rey, Puerto Rico, 00919.
- Santillana Publishing Company Inc.
  2043 N. W. 86th Avenue Miami, Fl., 33172 USA.
- Ediciones Santillana S.A. (ROU)
  Javier de Viana 2350, Montevideo 11200, Uruguay.
- Aguilar, Altea, Taurus, Alfaguara, S.A.
  Beazley 3860, 1437. Buenos Aires.
- Aguilar Chilena de Ediciones Ltda.
  Dr. Aníbal Ariztía 1444.
  Providencia, Santiago de Chile. Tel.: 600 731 10 03
- Santillana de Costa Rica, S.A.
  Apdo. Postal 878-150, San José 1671-2050, Costa Rica.

Primera edición: noviembre de 2006

ISBN: 970-770-653-8

D.R. © Diseño de cubierta: Eduardo Monteagudo, sobre un cuadro de Egon Schiele.

Impreso en México

Todos los derechos reservados. Esta publicación no puede ser reproducida, ni en todo ni en parte, ni registrada en o transmitida por un sistema de recuperación de información, en ninguna forma ni por ningún medio, sea mecánico, fotoquímico, electrónico, magnético, electroóptico, por fotocopia o cualquier otro, sin el permiso previo, por escrito, de la editorial.

Se enamoró. De un hombre con mal tono muscular y bolsas debajo de los ojos. No pudo evitarlo. Uno no puede evitar esas cosas, aunque lo intente. No lo intentó tampoco. Pero en días como ése le gustaba pensar en lo que habría pasado de hacerlo. En lo que sería de ella si hubiera elegido cualquier otra cosa, la que fuera. No deberíamos malgastarnos tanto en el amor, pensó, no hay una razón objetiva para elegir el amor sobre cualquier otra experiencia. Pisó el acelerador, creía concentrarse en llegar lo más pronto posible. En realidad lo que estaba haciendo era tratar de convencerse. Al lado de Julián se sentía volar. No importa de qué humor estuviera, siempre se excitaba, siempre era fascinante. No él, sino ella. Y ésta era una razón para haber elegido a Julián sobre cualquier otra cosa. Por ejemplo, los dichosos estudios de género. Aunque también estaba la historia de su mala suerte. Dos razones como dos gemelas tiránicas: una, el deseo frenético; otra la mala suerte. El amor es un perro del infierno, pensó. Eso decía Bukowski. ¿Podría alguien sostener lo contrario? Miró a los lados del coche, como si preguntara a un público inexistente. No ella. Esperó que la luz del semáforo cambiara a verde, después aceleró y hurgó un poco dentro de su mente. Del deseo encontró poco qué pensar. Ninguna conclusión. De la mala suerte, en cambio, tenía varios ejemplos.

Primero había sido aquel tío, a sus cuatro años, cuando ella, vestida como un pastel, se acercó a saludarlo y él la sentó en sus piernas. Bajo el vestido de encajes sintió de pronto que la mano del tío sacaba algo blando de un cierre y que ponía aquello debajo del vestido hampón. Y sintió también cómo se mecía y se apretaba el tío, deteniéndose sólo para aplaudir entre un número y otro de aquel festival, como si estuviera muy contento con lo de los perritos brincando aros, tomando las manitas de ella y haciéndola aplaudir también. Como primera experiencia no fue algo espantoso, aunque tampoco lo contó. Más tarde, hasta ella misma llegó a pensarse como una persona discreta. Decidió entonces que había secretos para decir aunque la mayoría eran para guardar, y no siempre se guardaban los más terribles, sino los más inconvenientes. Por ejemplo: lo que sentía cuando de adolescente se acercaba a un grupo de jóvenes en las fiestas y los veía dispersarse, riendo y lanzándose miradas al ver su rostro sembrado de barros, como si se aproximara una explosión de hormonas viviente. Cuando oyó el primer apodo se sintió morir. Le dijeron Vodka, porque estaba hecha de grano. Cuando oyó el segundo fue como una piedra cayendo sobre una larva casi calcinada por el sol: Ventana Colonial, por los barrotes. Cuando oyó el tercero, ya se había acostumbrado.

La crisis nerviosa fue sutil. Tomó la forma de una voz, la voz de su madre diciendo: mírate en mí. Las mujeres no necesitamos de la aprobación masculina. Esto la aterró bastante y la inspiró a hacer varias dietas. La de la luna, la de la piña y leche, la dieta de la desesperación, a base de restos de uñas. Cuando cumplió diecisiete se mudó a vivir sola. No hablaba con nadie y cuando iba a algún parque desviaba la mirada de las parejas. Vivía en una pequeña habitación de un edificio de cuatro pisos y aunque nunca saludaba, en general los hombres mayores se le acercaban. Le clavaban los ojos como a un cadáver.

—Me preocupo por ti —eso le decían.

Nunca eran solteros ni casados, sino siempre hombres que estaban separándose o a punto de separarse de sus mujeres. Como norma, estaban decepcionados de algo o de todo, eran depresivos y molestos, como la lluvia. Los pocos jóvenes que conoció estaban obsesionados por hacer bíceps en un gimnasio o eran demasiado apáticos. Sobre todo, eso.

—¿Cómo puedes leer a alguien que se llame Honorato? —le había dicho uno con el que durmió luego de una noche apasionada, cuando la vio leyendo *Père Goriot* en la cama—. Lo peor no es que *leas* a alguien que se llama Honorato, sino que le *creas*.

—De verdad que eres rarísima —le dijo otro—. ¿Por qué no haces ejercicio? ¿Qué no sabes que la *única* manera de deshacerte del cuerpo es ocupándote de él?

Antes de acelerar de nuevo, pensó:

En cada ocasión, el cuerpo había estado entre los demás y ella.

El año en que entró a la universidad a estudiar literatura, todo pareció cambiar. Los barros se fueron, embarneció y se hizo amante de Klaus, un compañero suyo que traía la novedad de Berlín en la voz. Un ex comunista, ex becario de la RDA, encantado con el sol y el erotismo de su país, según le dijo. Tal vez fue el misterio que emanaba de esa voz y de las actitudes bruscas y al mismo tiempo cálidas de Klaus, o el hecho de estudiar poesía o de tener veinte años, cada una de esas cosas o todo a la vez lo que la hizo engancharse en aquella pasión loca. Juntos estudiaban a Denis de Rougemont: mucho teorizar sobre la imposibilidad de amar y luego hacer el amor por horas y horas. Sin pensarlo mucho, ella creyó que aquello acabaría en una vida juntos. La noche antes del examen profesional, Klaus le dijo que estaba casado, que tenía dos hijos y que no había querido decírselo porque no vivir *ese amor* le había parecido injusto con el destino.

—¿Cómo podíamos ir en contra de lo que Alguien Más había escrito para nosotros? —eso le dijo.

Carpe Diem. Ella reprobó el examen, Klaus aprobó con honores y trajo a su mujer a vivir al país con sus dos hijos. Ella los vio alguna vez en una conferencia, él hablando sobre el amor cortés con dos querubines teutónicos y su rubia madre al frente. Fue entonces cuando volvió a oír la voz: era su madre hablándole de las mujeres ilustres. Mírate en ellas. Piensa en Marie Curie, le decía, piensa en Isabel I o en Sor Juana. Eso: piensa nada más en las monjas y en las santas, si quieres. Piensa en Juana de Arco. ¿Qué es lo que ves? Que San Jorge no es nadie frente a ella. ¿Quién puede comparar la lucha de Juana de Arco con la de San Jorge y un dragón? ¿Quién podría creer en un santo inexistente?

—Te has pasado toda mi vida hablándome de eso —le dijo ella, un día en que su madre fue a visitarla y ella decidió que no se levantaría nunca más de la cama.

—Lo hago por tu bien. Las mujeres de hoy ya no piensan en hombres.

—¿Y en qué piensan entonces?

Recordó el rostro de su madre acercándose hasta rozar el suyo; un rostro volviéndose, de pronto, inmenso. Revelando una emoción que no le había conocido:

—En algo mucho más excitante. En el éxito.

Decir que instauró una especie de Altar de las Mujeres Ilustres con los libros que su madre le llevó el día que la fue a ver a la cama, y que desde allí dirigía sus operaciones era decir mucho, ya que en realidad era esa función del cuerpo donde cada órgano parece tomar las riendas de la vida, la que empezó a actuar por propia cuenta. Inauguró cierto método: comer porciones cada vez menores para dejar de hacerlo, beber sólo agua, dormir y llorar copiosamente. Leer o no leer, ese era en realidad el único dilema. Pero ¿quién puede ser la paciente Penélope, Emma Bovary o Blanche du Bois, confiando en la generosidad de los extraños en estas condiciones? Lo que hacía no era leer, era otra cosa. Empezó lentamente, luego aceleró; devoraba libros como otros devoran pasteles. Y se recobró. Al fin se graduó y obtuvo una plaza de investigadora en lo único que parecía tener todavía sentido, dada su afición a leer al revés o más bien a desleer: los estudios de género. Se hizo editora. Desde su cubículo, la voz de su madre, en el recuerdo, la apoyaba siempre. Como toda madre, ya se sabe, estaba siempre dispuesta a acoger y arropar. Si no quieres mirarte en mí, mírate en ellas.

Pero en cuanto Julián (quince años mayor y con una sonrisa cómplice que acentuaban las bolsas) irrumpió en la revista que ella editaba y luego de mirarla de arriba abajo, sonriendo, le dio a entender que tal vez querría algo más que publicar ahí, la voz pareció olvidársele. Fue corriendo por su madre al pasado y la encerró ahí, dándole la llave a aquel extraño, previa advertencia. Debía amarla por algo más que su cuerpo, le dijo, y entonces se desnudó. Debía amarla por sus ideas.

¡Pero de qué ideas le hablaba!, dijo él luego de hacer el amor, y ella se molestó muchísimo, así que él recapacitó. No es que él hubiera querido ofenderla, no. En realidad, lo que él había querido decir era: ¿Por cuáles de sus ideas debía amarla? ¿Por todas? ¿O sólo por algunas? ¿Por las más brillantes? ¿O también por las superficiales y pedestres puesto que, siéndolo, hacían de ella lo que era? Mayéutica. Así se llamaba el método que él usaba. Preguntar obviedades hasta aturdirla para llegar a una verdad, su verdad. Y es que Julián era filósofo (profesor de filosofía, en realidad), y eso a medias; según él, gourmet (a medias también) y consultor de empresas publicitarias, aunque esto era sólo por ganar dinero y sólo eventualmente, gracias a una amiga, y por lo tanto, menos que a medias. Pero ella empezó a amarlo por eso, precisamente, porque le dio en pensar que eso era un pensador. Que así era el pensador de Rodin. Todo lo contrario del pobre Gregorio Samsa, que una vez convertido en escarabajo no piensa más que en llegar a tiempo al trabajo. Lo amaba por lo que hacía o por lo que no hacía, más bien: venderse. Y es que ella era una mujer, si no ilustre, al menos llena de ilustración. Era autosuficiente, y el paso de la manutención estaba por lo tanto zanjado. Tenía sus tres guineas al año y su habitación propia, aunque vacía, y esta era o más bien había sido su tragedia. Una tragedia risible para muchos, sobre todo para quienes los domingos, luego de ver televisión todo el día, piensan con tranquilidad, como Heidegger: "estoy solo" y se van a dormir muy a gusto pues han podido asimilar sin problemas aquello de que Dios ha muerto. Para ella no, en cambio. Si tomando un café mientras tenía desplegado el Altar de sus Mujeres Ilustres, cuyas vidas estudiaba con dedicación, llegaba a pensar: estoy sola, esta idea la hacía apagar la computadora y anulaba incluso el deseo de un tiempo futuro, ya no digamos del presente. Se metía entonces en la cama o se dejaba poseer por una fiebre de trabajo que sentía el paso necesario de la ilustración, todo con tal de evitar la idea de aquel tío y aquel rostro sembrado de barros y a los hombres en vías de separación y a Klaus y la odiosa lírica provenzal y los estudios de género. Así pues, esta era otra razón de haber elegido: el amor la hacía sentirse a salvo, particularmente de estar viva.

Y es por eso quizá que a Marcela, que era como se llamaba a sí misma cuando se bañaba o se vestía, es decir, cuando se veía como un cuerpo, no sólo le diera por tapiar esa desnudez tan cachonda que su amante debía descubrir en cada encuentro, sino que una vez llegados a ese continente, añadiera una nueva modalidad. Le dio por hablarle a su amante de su superficialidad al amarla por su cuerpo. Ella lo amaba a él por algo más esencial, le decía. No podía imaginarse con otro hombre que no fuera él mismo. Ni siquiera un hombre más guapo o menor. O que se dedicara a algo más: un hombre más rico. O con mejor carácter. Lo amaba por ser como era. Él negaba moviendo la cabeza a un lado y otro. No estaba de acuerdo. Porque él, le decía, la amaría igual si tuviera otras ideas o hiciera otras cosas con tal de que tuviera ese mismo cuerpo. Y esto le clavaba el dardo de nuevo. La hacía sospechar que tal vez no estaba enamorado de ella, sino de alguien más. Y volvía a la carga: debía amarla por lo que hacía, los seres humanos somos lo que hacemos. ¡Pero qué absurdo! ¿Cómo iba a amarla por ser editora de una revista de estudios de género?

Según recordó, habían hablado por horas de esto (pudiendo hacer algo más, decía él) porque ahí estaba, tal vez, el germen de su fascinación y su discordia. Él la oía argüir con una fuerza de la que él mismo carecía y a la vez gastar esa fuerza peleando inútilmente contra su naturaleza. ¿Por qué no la ocupaba mejor en desvestirse? El día que le dijo esto, ella se ofendió. No se había cubierto tanto el cuerpo para nada. Pero él le aclaró: no quería ofenderla. Ni siquiera quería apoyarse en el hecho de que habían pasado las últimas semanas discutiendo, prefería convencerla de que siguiera así. Que discutiera, si eso la hacía feliz. Que se defendiera, aunque no supiera de qué, después de todo las mujeres son así, dijo, un misterio. Luchan todo el tiempo, la mayor parte de las veces contra sí mismas. Sólo que su lucha es estéril y en su caso amenazaba con terminar con lo único por lo que realmente valía la pena vivir al menos para él: la atracción que ejercía en su persona, cuerpo incluido. Marcela sonreía. Por eso había elegido el amor. O por eso, algo más fuerte que ella lo estaba eligiendo.

En cuanto llegó a la avenida, puso la direccional. Se orilló a la izquierda y luego de dar vuelta en medio de un tránsito intenso buscó un lugar donde estacionarse. Le llevó un buen tiempo encontrarlo, porque a diferencia de otras veces era sábado. Lo más conveniente era dejar el coche dos cuadras antes. La ex mujer de Julián podría llegar al departamento a dejar al hijo de ambos, como acostumbraba, y encontrarla sería fatal. Hacía más de dos años que no vivían juntos y no obstante él prefería no tener a su ex esposa al tanto de sus relaciones con ella. ¿Pero por qué? Porque el mundo que ambos compartían era de ellos dos, le decía Julián, y les concernía sólo a ellos.

Una vez en la puerta del edificio miró hacia arriba y vio que Julián tenía las ventanas abiertas. Tocó el timbre y aguardó. Esperaba oír el zumbido eléctrico del cancel y en cambio escuchó una voz de mujer que le preguntaba quién era. Marcela se congeló. No se atrevió a decir soy yo, no era imposible que casualmente ese día su esposa hubiera subido, contra su costumbre, al departamento. ¿Qué hacer? Ya se daba vuelta para irse cuando oyó el zumbido y fue entonces como una invitación: ¿estaba solo o con ella? Y si estaban juntos, ¿quién habría accionado el timbre, él o ella?

Entró al edificio pensando qué haré, fingiré que vengo a otra cosa, que soy una alumna suya. Y también: algo grave debe haber ocurrido puesto que quedamos de vernos a esta hora, formalmente. ¿O no? ¿Se habría confundido? Era sábado. Nunca antes se habían dado cita en sábado. Pero el día anterior, él había quedado claramente de verla. Lo recordaba muy bien: te espero mañana, él sonriendo, metiendo la mano dentro de aquellos pantalones flojos, bajándola después: te espero. Lo primero que se le ocurrió una vez frente a la puerta del departamento fue volverse a toda velocidad hacia el elevador. Pero para su asombro, la puerta se abrió. No tuvo que imaginarse más, la sirvienta le indicó que el señor Julián no estaba, no sabía a dónde habría ido y tampoco la informó de que llegaría ninguna visita, no. Pero ella insistió: quedó de verlo allí, a las nueve de la mañana en punto. La sirvienta rodó los ojos hacia arriba, con impaciencia, tenía más de diez años de ir todos los sábados a hacer la limpieza y nunca se había olvidado de un mensaje de él, lo sentía. Fue el exceso de seguridad de la empleada lo que hizo a Marcela sentir que tenía el derecho a entrar y a decir firme, pero amablemente: muchas gracias, lo voy a esperar dentro. La sirvienta la miró con un gesto que era el mismo gesto de cuando las señoras le regalaban ropa usada, perfumes viejos, sin fijador, las cejas levantadas y la expulsión violenta de aire por la nariz, una como risa contenida, incrédula, las ganas de reírse abiertamente de aquellas mujeres y luego darse vuelta sin ofrecerles nada, ni la menor expresión, y dirigirse hacia una de las recámaras. De no haber sentido una mirada así tal vez Marcela hubiera pasado a la sala a esperar, como cualquier visita. Pero esa mirada la hizo sentirse obligada a demostrar lo que era imposible demostrar para entonces: que tenía derechos, que no era una simple visita. Por esa razón atravesó el corredor y se dirigió a la recámara de Julián. Se detuvo a escuchar a la sirvienta que tallaba un baño, el de la recámara contigua, y siguió andando hacia el final del pasillo. Se detuvo al fondo, frente al escritorio. Vio el desorden de objetos y papeles, la fotografía del hijo, un chico de unos catorce años con cara de odiar al mundo, incluido aquel padre a quien le había regalado la foto, el montón de libros, las plumas y encima de ellas la montaña de fólders sobre los que había bromeado en varias ocasiones: un día me voy a meter a ordenarte ese desastre, verás, en cuanto no estés. Se acercó, como si ese día hubiera llegado, y al mover el block de apuntes se cayó una pila de hojas que recogió enseguida. Tomó una y la leyó. Era una carta escrita con letra courier de doce puntos, como Julián pedía siempre los trabajos de sus alumnos, sólo que éste no era un trabajo. El olor a amoniaco proveniente del baño se volvió intenso, también la forma de tallar que le pareció inusual, y el hecho de haber dejado de tallar, y guardar silencio, una agresión mayor aún. El amor es un perro del infierno. Es posible afirmar que Marcela actuó con rapidez y dada la situación, con presencia de ánimo. Aunque hubo un detalle que no fue capaz de registrar con frialdad, porque al detenerse a releer la carta de aquella estudiante que hablaba de días felices juntos y promesas recién hechas no fue capaz de ver que la empleada había llegado hasta allí, se había colocado detrás de ella y asentaba en el piso su cubeta llena, así que al darse vuelta tropezó con ella y la volcó.

    Antes de salir del departamento creyó oír algo que la empleada dijo (o tal vez fue ella misma quien lo pensó): las mujeres insatisfechas siempre traen mala suerte.

¿Por qué se introduce entre dos alguien más, justo cuando la relación está en su mejor momento? Marcela acomodó las fichas de su estudio sobre el escritorio. Veamos el caso de Robert Graves, se dijo. Lo primero que hay que tener es una mente frágil. Volver a casa débil y espantado después de la guerra también ayuda. Pero lo realmente eficaz es que una vez encontrado el punto vulnerable en el otro uno lo haga suponer que todo está perdido; la guerra es la corroboración del fracaso, no de los hombres, sino de toda una forma de vida anterior. Una guerra siempre cambia un modo de ver. Después de ella, el mundo nunca es el mismo.

Lo que hizo a Robert Graves enamorarse perdidamente de Laura Riding fue recibir de ella una carta. Saber que alguien lo había leído y lo admiraba, caer en cuenta de que alguien lo comprendía. ¿Hay un afrodisiaco mayor para un hombre que saberse *comprendido?* En esa carta ella le hablaba de la necesidad de un nuevo orden moral. Él sería el autor; ella, quien le daría la fuerza. La vida debía continuar, eso le decía en la carta, porque no hay violencia que pueda terminar con esa violencia aun mayor que es la vida. Pero ¿quién es esta mujer? ¡Es Hera! ¡La madre de los dioses, cuya furia discursiva perpetúa la vida! Laura Riding le habla dulcemente al oído, por carta. Le hace propuestas indecorosas. Él no la conoce (lo que aumenta el atractivo) aunque decide que sí: no conoces a una mujer hasta que recibes carta de ella. Él mira la carta, la relee; el estilo es deslumbrante. ¿Puede uno enamorarse de un estilo? O más bien: ¿alguna vez se enamora uno de algo que no sea un estilo? "El estilo es el hombre", dijo Buffon. Aunque decir esto reduce ideas, hábitos, gestos, a una mera apariencia. Al modo en que nos presentamos a nosotros mismos y ante los demás. Pero ¿es que hay más? En un mundo donde lo aparente empieza a convertirse en lo real, desde luego no. Laura es una diosa porque se considera a sí misma una diosa y lo convence. ¡Le está hablando al autor de *La diosa blanca*, quien años después la escribirá inspirado en ella!

Pero volvamos a la carta. Robert se la muestra a Nancy Nicholson, su esposa, quien al leerla palidece. Ella no ve el estilo, sino sólo que su marido, un poeta consumado, de treinta años, pobre y con cuatro hijos le está informando que ha invitado a la autora de la carta a ir con ellos a El Cairo, donde él va a dar clases por tres años aprovechando la plaza de profesor que acaban de darle y que es la tabla de salvación de ambos contra la miseria. No conoce a esa mujer, le jura que nunca la ha visto, pero que ha quedado hechizado con el estilo de esa carta. ¡Un estilo!, piensa Nancy, eso es con lo que ambos van a viajar. Un estilo es lo más peligroso que hay para un matrimonio, sobre todo si tu marido es poeta. La mujer que escribe es norteamericana, tiene veinticuatro años y acaba de separarse de Louis Gottschalk, su primer esposo. ¿Hay algo más seductor que la carta de una divorciada diciendo mírame, estoy sola? Que sea joven y bella, a juzgar por el retrato que incluyó, no le importa, ni siquiera que sea norteamericana y se diga poeta. Sino que la carta haya llegado en el momento en que la relación de ambos es tan buena, a pesar de los hijos y la falta de dinero. Y peor: cuando ella, pintora e hija de pintor, izquierdista, feminista al punto de haber puesto el apellido Graves a sus dos varones y el de ella, Nicholson, a sus dos hijas, debe decir "sí" al deseo de él, sí a su petición de ser coherentes con una moral distinta y solidaria con las mujeres, sobre todo si están solas y piden ayuda, sí quiero. Porque, vamos a ver, qué pasaría si ella dice no. La relación se fracturaría, crecería el resentimiento. Ambos empezarían a no creer en sí mismos y esto los haría despreciarse. Por lo tanto, Nancy no tiene más remedio que decir sí. Acepto que nos acompañe la mujer que te ha hechizado, dice, porque amo todo lo que tú amas. ¿O no es esto el amor? ¿Una suerte de visión compartida por contagio?

Si no hubiera leído la historia de Laura Riding, Marcela habría dejado ir el asunto de la carta. Pero la leyó y pensó en los peligros de pasar por alto la importancia de una carta como ésa. Es increíble, le dijo a Julián mientras fingía jugar con los músculos de sus brazos en la cama, que tengas tal cantidad de amigas. Él se alegró por el halago y levantó los hombros, como diciendo: ¿y yo qué puedo hacer? ¡Un hombre no es responsable de esas cosas! Si no hubiera estado haciendo su investigación sobre los múltiples modos de volverse una mujer ilustre habría tenido que dejar pasar la carta, sin remedio. Hay acuerdos tácitos que no pueden romperse en una pareja, aunque de hecho se rompan. Faltar al pacto de respeto a la libertad del otro, por ejemplo. No puede hablarse de una carta hallada en la ausencia del otro entre sus cosas, mostrársela menos. La reacción en un caso así es cambiar el centro de la discusión y quedarse, de cualquier modo, sin respuesta. ¡Me espías!, esto es lo que él le diría si ella le hubiera hablado de su hallazgo. ¡Qué falta de respeto! ¿Cómo podría él confiar nunca más en que ella deambulara sola por su casa? El centro de atención sería el acto de espiar; y la indignación el único pago a la altura de la falta cometida. A un hallazgo sigue invariablemente un hombre ofendido en su privacía. Nada se explica. Un hombre indignado no necesita dar explicaciones.

Pero ¿es una explicación lo que Marcela quiere?

Nunca me hablas de tus amigas ni vamos a ningún lado, le dice, bueno, no a lugares donde ellas estén y puedan vernos, y nunca las invitas de modo que podamos coincidir. ¿Qué pasa? ¿Te avergüenzas de mí o de ellas? Julián no responde, pone a su amante de pie a contraluz, frente al ventanal, de espaldas, y la observa. Me gustas mucho así, le dice. Mucho. Muchísimo más que vestida. Tienes un cuerpo exquisito, con senos hechos para el tamaño de mis manos. ¿Y tus amigas?, piensa ella. Él la toma de la cintura, la acerca lentamente y la sienta de espaldas entre sus piernas. Otra vez el cuerpo. El cuerpo y sus conspiraciones. ¿Están realmente solos los amantes cuando están a solas? Ella echa la cabeza hacia atrás hasta tocarlo con la mejilla. Cuéntame de Pilar, le dice. Por toda respuesta, él empieza a bajar el índice por su columna, muy despacio, hasta llegar al final de su espalda, y sonríe. Es probable que no haya olvidado la pregunta de Marcela.

Qué habría pasado si la carta hallada hubiera sido de un hombre, dirigida a mí, pongamos por caso, a mí o a su esposa, piensa ella. Si hubiera aparecido en otro país, en otras manos. En Medio Oriente, por ejemplo. Alguien habría sido lapidada, probablemente. La semana anterior había recibido un correo electrónico pidiendo su firma para evitar que una mujer de Nigeria fuera lapidada por adulterio. O de Silvina, dice. ¿Por qué nunca me hablas de Silvina? Fuimos compañeras en la facultad, así que la conozco. Es mi amiga. A cada mención, Julián niega con la cabeza, pero sonríe. Quien dijo que el deseo se origina siempre ante la presencia de un tercero estaba en lo cierto. Y por eso, para Marcela, el amor es un perro del infierno.

Que hubiera tenido que dejar ir el asunto de la carta no quería decir que el asunto la hubiera dejado a ella.

A veces, cuando estaba a solas trabajando en su investigación (había tantos modos de influir en los demás siendo una mujer ilustre), pensaba en Julián. En él y en un pacto no dicho. Pensaba en la pareja. ¿Es que alguna vez en la historia de la humanidad había ido pareja? Pensaba en Julián y en la carta, y llegó un momento en que no podía hacer otra cosa cuando no estaba con él que pensar. En la carta. Una y otra vez. ¿Así que *eso* era ella? ¿Su mente? ¿Una mente que no podía dejar de pensar contra su voluntad?

Empezó a hacer cosas raras. Le cogió afición a espiar. Le dio por creer que lo que buscaba estaría en ese departamento. Y a partir de entonces se dedicó a aprovechar los momentos en que él estaba en otra habitación para echar ojeadas en los cajones, por encima de las mesas y entre los libreros. Su método era azaroso y, dadas las circunstancias, bastante limitado. Expuesto a las horas en que estaban juntos haciendo (o debiendo hacer) otra cosa. Si estaba en la recámara, lugar donde acababan de hacer el amor, salía pretextando ir por papel del baño y luego de revisar el lavamanos husmeaba un poco entre las repisas. Más tarde, en la cocina, fingía ayudarlo a preparar el café y aprovechaba para memorizar el orden de los objetos dejados en la alacena. Como si hallarlos desacomodados fuera indicio de algo. Como si el orden actual le perteneciera a ella. De todos los sitios, el escritorio donde encontró la carta era el más ansiado para hacer sus pesquisas aunque la sala ofrecía más posibilidades, pues sobre los sillones, las mesas laterales y los muebles de épocas pasadas en la vida de Julián había una galaxia de papeles que él iba dejando al volver de la universidad y que ella se proponía revisar, aunque se lo proponía inútilmente. Pues era ahí, frente al ventanal por el que entraba ese rayo tan cálido, donde hacían el amor por horas. Los dos. Sin ninguna posibilidad de espiar. Nada es perfecto.

Podríamos preguntarnos, así sea sólo por evitar la humillación de Julián de ser esculcado: ¿y por qué no es él quien la ve a ella en su casa? ¿No hubiera podido evitarse todo esto, la ruptura de los dos, el gusano de la desconfianza entre ambos si él lo hubiera decidido así desde el principio? ¿O por qué no entra ella un día en la casa de él cuando él no esté, otro sábado, por ejemplo, o un domingo en que salga con el hijo y se pone a revisar a sus anchas? La respuesta es simple, aunque difícil de comprender si se toma en cuenta que él le ha dicho que es un alivio haberla encontrado en el mundo después de tanta soledad, de tanta desesperación. Y que la vería donde fuera, como fuera, y la seguiría si ella tuviera que irse a otro país, que dejaría todo por ella. Y no obstante, si no se dan cita en la casa de ella es simplemente porque él no se siente a gusto allí. En el mundo ordenado de ella, él se inhibe. Se siente atrapado. No puede hacer el amor con la misma libertad y hacer el amor así, libremente, a sus cuarenta y nueve años es algo que él valora muchísimo. ¿Y lo de entrar en casa de Julián a escondidas? Es más simple aún. Ella no puede entrar cuando él no está porque Julián no le ha dado la llave ni ella se la ha pedido, por lo mismo. Y ahora sospecha que la razón de que no le hubiera dado una llave es que no es la única mujer que lo visita. Así que hoy ve el día en que por una confusión pudo encontrarse a solas con la empleada como un paraíso perdido, la tal oportunidad calva a la que no pudo tomar por los pelos y no cree que una ocasión así pueda presentarse de nuevo. Es obsesiva, eso está claro. Si hubiera persistido en las terapias y dado ocasión al diagnóstico habría oído: con brotes paranoicos. Pero esto es sólo una suposición, y acaso lo de "paranoicos" sea algo que ella misma se inventa. Y es que el acto de espiar es así: se empieza por buscar en lo que está y se acaba encontrando más en uno mismo. También adopta otras modalidades algo peores, pues el hecho de encontrar es indicio de que siempre hay más. Y esta proliferación, este milagro, en verdad, de los peces y los panes de la sospecha no se detiene nunca en el objeto, sino lo inicia, ya que cualquier rastro encierra una historia, tal vez falsa, de acuerdo, tal vez conjetural, pero una historia que esconde siempre otra y otra más. Un ejemplo: la cuenta bancaria de Estados Unidos a nombre de una tal Mirta Ruiz que Marcela encontró como separador en un libro. ¿Qué es? Por qué tiene otra mujer que cuidarle su dinero, qué dinero, y sobre todo: ¿está pensando irse? ¿Dejar la relación? ¿Es eso?

Otro día vio en la cocina aparatos electrodomésticos usados *que antes no estaban*. Por unos días actuó como si nada: ir al departamento luego de haber estacionado el coche a un par de cuadras, bajarse del coche, tocar el timbre, oír el zumbido, empujar el cancel, entrar en el elevador, ser recibida a besos y besar, olvidarse de cerrar la puerta, llegar ya casi desnuda al sillón, frente al ventanal, acomodarse sentada encima de él en el sillón, viéndolo de frente, y hacer el amor por horas y horas.

Hasta que llega la ocasión, que ella ha propiciado, de pedir un jugo natural de frutas prensadas en el extractor, quiere algo con fresas o piña, no sabe bien qué, con jugo de naranja. Es un capricho, le explica una vez que el contexto no sólo es propicio para una petición así, sino que lo exige, es lo más femenino que él ha oído, visto y sentido. He ahí una mujer de treinta y tres años ¡gloriosos treinta y tres años! que siendo una intelectual, sabia en discursos, y muy dada a hacerlos con el cuerpo, lleva a su amante a su Nirvana particular, lo deposita en su Olimpo, y una vez allí lo vuelve lluvia, cisne y toro varias veces y ahora le pide a cambio (nada más le está pidiendo) un jugo de frutas, qué belleza. Y es ahí donde tienen que ir a la cocina y donde él saca el extractor del crimen.

¿Quién se lo dio? ¿Por qué lo tiene? Desde cuándo le gusta hacerse jugos y picar cebolla? ¿Y esa licuadora? ¿Y los tupperwares? ¡No me persigas!, esto es lo que él habría querido decirle, pero la relación tiene menos de un año y él está loco de pasión, eso ha dicho, y por tanto elige otro camino, que es el de las explicaciones racionales, siempre convincentes. Pues Jimena, su amiga que toma clases de flamenco, la que le regala las cremas Estee Lauder, ¿que le regala qué?, ¿un filósofo usa cremas?, ¿tú usas esto?, pues sí, las usa y se las regala ella, y él vuelve a levantar los hombros como diciendo "yo no fui, fue ella", así es, todo lo que ve ahí se lo regaló también. Todos esos objetos. Un día le dijo que ahí estaba todo eso si lo quería, que no tenía caso que lo guardara ella si nunca cocinaba y menos ahora que su novio acababa de dejarla. Y por qué. El no sabía. ¿Era una mujer menor? Quién. Por la que su novio había sustituido a Jimena. Bueno, era menor, sí, y eso qué. Pues eso obvia la necesidad de preguntar por qué la dejó, dice Marcela. No es necesario preguntar por qué en estos casos. Julián no está de acuerdo. Una mujer mayor puede ofrecerte un placer mucho más depurado, más sabio, dice, y Marcela asiente moviendo la cabeza de arriba a abajo, cómo no, y aclara: mira, primero hay que definir qué es una mujer mayor, no sea que nos estemos confundiendo. Julián ha conseguido su objetivo, sonríe, se olvidó del extractor, así que pregunta: ¿y cómo estás tan segura de que la edad es la razón que hace a un hombre dejar a una mujer por otra?

Esta explicación, aunque obvia, va a tomar su tiempo. Marcela se sienta en una de las dos sillas de mimbre de la cocina (el jugo forma ya parte del olvido), acepta la copa de vino que su amante le acaba de servir (otra para él) y finge que el tema es más del interés del desarrollo intelectual y emocional de él que de ella. El tema es el Conocimiento con C mayúscula, el saber en sí. ¿O no es esto lo que más ama un filósofo?

¿Y Raquel?, le pregunta ella como diciendo: ¿y si A no es A?

Raquel es su amiga, nada más. Heredera de una fortuna cuantiosa. Su padre fue embajador, tuvo relaciones con varios jefes de Estado. Y ahora ella goza de los beneficios de modo muy inteligente, sin tener que renunciar a ser ella misma. Y cómo es eso. Y entonces Julián le habla de Raquel y su vocación budista. De su viaje a la India y al Tibet, por ejemplo, un viaje de meditación y recogimiento que acaba de hacer estas pasadas vacaciones. Está inscrita en Casa Dalai y por ello pudo realizar su sueño de irse a meditar a los Himalayas. Allí conoció los monasterios de Samye y Mindroling, sintiendo su rigor, su silencio, viviendo la experiencia desde dentro, como un monje. Se preparó meses antes, su amiga Raquel, subiendo cerros. Ayunando y meditando. ¿Cuánto tiempo estuvo allí? Treinta y dos días. No todos en el Tibet, claro. Es decir: no en el Tibet, Tibet. Sino allí y en un hotel muy elegante, el Yak and Yeti, a unos kilómetros. Empezó por visitarlo una tarde, fue a tomar una copa y decidió quedarse con una amiga. Desertó del grupo. Julián le sonríe con coquetería y Marcela ríe abiertamente. Pues no. No alcanzó la iluminación, su amiga Raquel. Fue necesario tomar fuerzas terrenales para continuar con el desprendimiento. Pero le trajo un incienso especial y una botella de licor Williams que compró en el *duty free* del aeropuerto. Mira, le dice, y lo saca de la alacena. Y es que Raquel era así, generosa. El día en que fue a visitarlo, antes de su viaje al Tibet, entró al baño y al ver uno de los frascos de colonia vacío le dijo, mostrándoselo: ¡pero Julián, *esto* es un horror!

Así que le trajo una loción nueva.

Sospechoso, muy sospechoso. Eso es lo que piensa Marcela. Y ha empezado a odiarlo. Creía haberlo recogido en el momento en que peor estaba, haber sentido ternura por él, por su edad, y haberle devuelto algo que no siempre regresa una vez que se ha ido, la pasión de vivir, y eso la hacía sentir un orgullo secreto. Haberlo rescatado. Pero ahora se da cuenta de que se ha equivocado. He aquí un consentido de los dioses, piensa. O de las diosas. Diosas ciegas. Alguien destinado a no responder por sus actos. Como el tío de su infancia. Como los hombres en vías de separación y los adolescentes, como Klaus. ¡Eres un niño mimado!, le dice, y él arquea mucho las cejas, como si el comentario lo tomara por sorpresa. Todas sus mujeres están encargadas de proveerlo. ¡Como a un niño Dios!, piensa horrorizada. O un impedido físico, un enfermo. Y eso que aún le falta conocer a la autora de la carta aquélla.

Trata de desistir, pero ya no puede. Es demasiado tarde. ¿Y Marina?, pregunta. Marina es la mujer por la que habría debido empezar. ¿Por qué? Porque es con la que Julián más se divierte.

Él le explica que Marina se ha especializado en multiculturalidad y que le gustan los hombres de países exóticos. Había estado con un sudafricano, Obi, que la enseñó a leer a Nadine Gordimer y a Ngugi, ¿o era que porque leía a Nadine Gordimer y a Ngugi que empezó a salir con el sudafricano? Ya no recuerda. Ahora salía con Milorad, un hombre guapísimo al decir de Marina misma, de la ex Yugoslavia, bueno, de lo que ahora es Serbia, que la tenía bastante ocupada.

Y no obstante, no se rinde.

Ya lo hemos dicho: el problema de encontrar algo es que siempre hay más de lo que se encuentra. Y es esa adición, ese lastre, lo que absurdamente da nuevos bríos a la búsqueda. Nuevos motivos. Una mujer reproduce a otra, como una matrioshka rusa en ascenso: cada vez más grande, más poderosa. Y empieza uno a hacer memoria retrospectiva. Antes no era así. Antes estaba irritado todo el tiempo. Tenía un desánimo constante, y había que levantarlo todos los días. Desde que llegaba a su departamento, ella no hacía más que sacarlo de aquel estado melancólico. Hasta que hacían el amor. Entonces era otro, y a cada minuto parecía irse quitando años de encima. Pero se caía enseguida y entraba de nuevo en aquel estado taciturno. Era un desánimo esencial que le venía como en rachas, imposible de erradicar. ¡Era Nietzsche el triste! ¡El *das Sein!*, y ella debía comprenderlo pues había nacido bajo el signo de Saturno. Pero bastaba con que le hablaran por teléfono "sus mujeres", como ella les decía, para que el humor taciturno de Julián desapareciera. Llamaban en los peores momentos, como si se hubieran puesto de acuerdo para buscarlo cuando ella estaba allí. No dejaba de sonar el teléfono, y así es imposible hacer el amor. Y no es que él contestara, tampoco. Lo dejaba sonar hasta el cuarto timbre en que entraba la grabadora, sin volumen. ¿Por qué no contestas?, le decía ella, fastidiada de volver a empezar y a empezar. Porque eres más importante tú. Pero eso era casi peor. Ella se sentaba a horcajadas sobre él, sonaba el teléfono y él sonreía.

Y no era que a Marcela le diera por exagerar la relación de efecto que existía entre Julián y la causa, o sea sus amigas. Se podría decir que hasta antes del encuentro con la carta aquélla las palabras traición, despecho, falta de interés habían estado fuera de su radio de acción, lo mismo que, creyó en un principio, habían estado fuera del ámbito de las mujeres ilustres cuyas vidas estudiaba. Su razonamiento había sido el siguiente: ¿cómo, si no, hubieran podido hacer lo que hicieron? Pero apenas comenzó a inmiscuirse en aquello que no era del dominio de la biografía oficial se dio cuenta cómo. Y cuán equivocada estaba al pensar que quien realiza una tarea más allá de sus fuerzas está exento de padecer o infligir esas pasiones. Cómo, si no por pasión, habría podido ella soportar las ocasiones en que no haciendo el amor con su amante había tratado de hablarle sobre su estudio y él, como si no le hablaran a él, le metía la mano dentro del sostén y empezaba a acariciarle la areola del pezón, como implicando que el interés no estaba ahí, en lo que ella decía, sino en otro lado, en su cuerpo. Y si ella insistía en seguir hablando, él la interrumpía con el argumento de que no es que no oyera, sino que ella no había visto con agudeza suficiente lo que fuera que estuviera viendo. Le hablaba entonces de la verdad, cualquier verdad, que ella no había tomado en cuenta, y hacía una exposición que iba de Platón a Nietzsche, el triste. Éramos el "ser ahí", nacidos sólo como seres para la muerte. Este ente que somos, decía, en cada caso, es el "en sí" y debiera existir un ser —que no podría ser lo "en sí"— que tiene por propiedad la de anular a la nada, mas, como no existía, toda vida era mal o dolor y lo único innegable era el carácter finalista del mundo.

    Ella lo oía discurrir con gesto compungido comprendiendo que era su propio altar, el altar de él, lo que estaba trayendo a cuento. Una retahíla de hombres decepcionados, muy pensantes, eso sí, pero decepcionados. Pesimistas. ¿Habría notado Julián lo pesimista que era la filosofía del siglo diecinueve que tanto admiraba? ¿Y la del veinte? Pero *eso* es triste, decía ella, que seamos el "ser ahí", que Dios nos haya abandonado. Ella no creía eso. Yo creo que Dios está de mi lado, decía. ¿Y cómo lo sabes? preguntaba él. No sé, es algo que siento. Creo en los milagros, ¿sabes? En esto, por ejemplo, lo que pasa entre tú y yo. ¿No te parece un milagro?

Era un milagro, decía él, pero un milagro en el que Dios no participaba. Sólo estaba el milagro y ellos dos. Eso pensaba siempre. Cuando se iba con su hijo a dar vueltas caminando los sábados o cuando "hacía tiempo", algo que sabía hacer muy bien, dejarlo pasar esperando que fuera el día siguiente para verla. Que el milagro eran ellos dos solos.

¿Y ella?

Marcela guardaba silencio. Antes, ella había pensado que la relación misma era el milagro. Ahora las mujeres de Julián empezaban a consumir su cerebro y su tiempo. De algún modo era como si la tuvieran a ella también, como si tuviera que vivir para ellas. A ellas les dedicaba sus poses; era para ellas para quienes se desempeñaba lo mejor posible, cuando hacía el amor con él. Cuando estaba con su amante se imaginaba que podía ser alguna, Silvina o Pilar. Y que ella estaba frente a los dos, observándolos. Y a Julián, a él, ¿quién lo veía? Hasta antes de que esas mujeres aparecieran entre los dos a Marcela le parecía que ella era la parte atractiva de la pareja. Que era a ella a quien Julián veía. Ahora no estaba segura.

¿A quién vemos cuando decimos un nombre? Si Mary Shelley, quien sobrevivió treinta años a la muerte de su esposo, no se volvió a casar fue porque quería el nombre de "Mary Shelley" grabado en su tumba. Quería ser vista y recordada a través de él, el poeta. Quería que la imagen de su esposo surgiera cuando se pensara en ella. Esto es lo que decía.

Pero cuando pensamos en Mary Shelley pensamos en cambio en Frankenstein. No en el doctor Frankenstein, el ambicioso científico que suturando miembros y empleando la energía de un rayo dio vida a una criatura desadaptada, sino en la criatura misma. La horripilante obra de este hombre es tan visible que no nos permite ver a su autor, ni siquiera pensar en él haciendo experimentos en su laboratorio, cuando mencionamos su nombre. ¿A quién vemos cuando pensamos en un nombre o en un cuerpo? Esto es lo que Marcela se pregunta al estar en su estudio frente a sus mujeres ilustres. Y es que le ha dado por pensar que cuando estamos con alguien no vemos un cuerpo sino una imagen. La imagen de *otro* cuerpo.

Cuando se pone a pensar qué es lo que querría sentir por su cuerpo, Marcela se responde: desinterés. Le interesa lo que sea que haya adentro, su alma, si es que es eso lo que está allí. Pero sabe que lo que importa no es lo que su cuerpo le deje ver a ella de sí misma sino lo que muestre a otros. Por ejemplo a su amante.

Cuando es dueña de su voluntad, su cuerpo deja ver a una mujer activa, con ideas propias, feliz de estar en el mundo y repartirse en varias personas, una de las cuales le pertenece a él. Ése es el cuerpo que le obsequia. O ésa es su fantasía. Pero cuando sufre (cuando siente celos, por ejemplo) lo que Julián puede ver es un cuerpo ajeno, según él, a la voluntad de su dueña. ¿Qué te pasa hoy?, le dice. No pareces tú misma. Como si ciertas pasiones no fueran parte de uno, de su cuerpo. Porque él no imagina (no quiere imaginar) que ella es también su cuerpo enfermo, su cuerpo derrotado. Y que cuando ese cuerpo (el cuerpo amado) se vuelve insoportable, queda aún un remanso al que acudir, un reducto de paz. Desear a ese otro de manera incorpórea. Pero él no quiere esto. Él quiere vivir y desgastar el cuerpo de ella sin consecuencias. Hacerla su Frankenstein. Ensamblar un modelo completo del genoma humano a fin de refugiarse en él de sus pasiones: he ahí el sueño que respondería al eterno problema de la carne. Más eterno, incluso, que el problema del alma inmortal, en la que nadie (y menos él) cree ya.

Pero ¿es el alma o el cuerpo lo que hace de nosotros lo que somos?

Marcela está discutiendo con Julián y sus maestros, los filósofos. Porque esta vez fue Platón quien nos trajo hasta aquí. Platón y su idea de la corrupción de la carne; Platón y aquello de que la carne es la que nos impide alcanzar las formas más altas de conocimiento. Las bajas y las altas pasiones terminan con la divinidad que nos habita. Terminan con el amor. Eso dijo.

Sólo que ella no piensa así. Para ella el rechazo a la carne pecadora (esa que pese a todo *siente*) es la causante de que se hayan inventado las más descabelladas utopías. La de Mary Shelley, por ejemplo.

Luego de leer una idea brillante, intenta escribir:

"Cristianismo y pecado fueron de la mano los siglos anteriores a la ciencia ficción de Mary Shelley. Y la Criatura no es otra cosa que la inmaculada concepción: un cuerpo al que se le ha quitado la carne pecadora. En la naturaleza del monstruo no ha habido el desordenado afán de millones de espermas luchando por fecundar un huevo. Sólo hay células muertas y electricidad: un cuerpo yerto esperando el soplo divino. La criatura es, sobre todo, el rechazo al contacto directo entre dos cuerpos animados por un deseo irracional. Por eso es perfecta. Pero es también la renuncia al placer, a aquello que hace de los humanos lo que somos. Por eso es monstruosa." He aquí el problema, piensa Marcela: la Criatura, a la que se ha dado en llamar Frankenstein, no podía separar la mente del cuerpo. Y por eso no descubrió el mundo de placeres a los que tan sólo se puede acceder mediante la tortura y la humillación, sino que se limitó a ser depositaria del dolor que los hombres le infligían. Se limitó a sufrir. ¿Y por qué? No porque fuera buena. Un cuerpo limitado, bueno y sufriente. Sino porque Mary Shelley le dio un alma femenina.

Le dio un alma femenina y la mató.

    Y ahora Marcela se pregunta por qué. Por qué hacemos las cosas que hacemos, cómo es que llegamos a hacerlas. ¿Es una señal? ¿De quién? Si ya no es Dios sino nuestro inconsciente quien nos da las órdenes sin que seamos capaces de saber siquiera por qué ¿a quién debiéramos culpar de nuestras decisiones? ¿O estamos exentos de toda responsabilidad? La respuesta es no. Esto es lo que piensa. La mente puede generar las peores elecciones, muchas de ellas elecciones que no tomarían contra nosotros nuestros peores enemigos, y organizarlas de manera convincente. Por qué no haces una fiesta para que yo conozca a tus amigas. O por qué no me invitas cuando salgas con alguna. Por qué nunca vemos a nadie. Julián: ¿te avergüenzas de mí o de ellas? Y debía aceptar que era ella misma, *otra* parte de ella pero ella al fin, la que ahora estaba arrepentida: qué era exactamente lo que quería obtener con saber quién era la autora de la dichosa carta. ¿No le bastaba con lo que tenía con Julián? ¿O es que quería algo más? Va a su casa dos y hasta tres días a la semana sólo para hacer el amor, después sale en su automóvil al instituto. En cuanto se ven, se enfrascan en caricias frenéticas y cuando ella pretende hablar él la interrumpe. La secuencia es siempre la misma: Ella aparece por la puerta, él la toma de la nuca, la acerca hacia sí y la besa. O la hace pasar y una vez dentro de su casa la besa antes de que pueda ocurrírsele que va a besarla. Siempre se anticipa a lo que ella pueda pensar. Cuando ella registra algo es porque ya está pasando: él le acerca un espejo para que ella pueda ver lo que él ve. Abre un frasco de tinta púrpura y con el dedo índice le pinta signos en el cuerpo. Signos que sólo ellos entienden. Signos para ellos dos. Pero algo sucede. Algo no está bien. Las caricias parecen suspender algo que de no estar ellas ocurriría. En cambio se enfrascan en esas caricias y lo que debe ocurrir no ocurre. Aunque algo deben registrar los cuerpos, alguna memoria que los pone nerviosos, porque antes de despedirse prefieren no hablar, ella sigue pensando en una carta y él en algo más que no dice y así, en silencio, se despiden, salvo que ninguno quiere ser el primero en despedirse.

A veces, con tal de evitarlo, van a la cocina a prepararse un bocadillo o café. Es entonces cuando hablan, generalmente de las mujeres de Julián. En tono jovial. ¿Cuál de todas le gusta más? ¿La que le regala cremas, la que le habla de sus amantes de países exóticos, la que lo invita de vacaciones porque tienen hijos de la misma edad? ¿La estudiante de los Balcanes que quiere embriagarse con la poesía, con Baudelaire (y de ser posible con Julián)? Ambos ríen, él disfruta de poder sentirse un Don Juan. ¿Qué se puede hacer? La historia del amor está toda escrita. Mientras él finja que es Don Juan la seducirá. Y ella se sentirá seducida. De pronto ella mira el reloj, cómo vuela el tiempo, se viste rápidamente y se marcha. ¿Por qué corres?, pregunta él, pero ella no responde. Él la ve irse desde la ventana, sonríe, le hace una seña con la mano. Dos días después, a la misma hora, por llamada expresa de él, ella está tocando el timbre de su puerta. ¿Y quiere más?

Pues sí, eso es lo que quiere.

Durante la mayor parte de su vida, sobre todo en la escuela (madre de por medio), ha hecho lo que se esperaba que tenía que hacer, es decir, ha triunfado. Ha estado muy cerca de ese lugar extraño llamado Éxito. De hecho, sigue estando muy cerca de él, a su modo, el éxito es siempre un asunto subjetivo y ahora está compuesto de un amante, una habitación propia y una razón de ser: estudiar los modos de las Mujeres Ilustres. De todo esto que tiene lo que más la excita, por supuesto, es el amante. Quizá por prohibido. Si viviera en otro siglo, el siglo diecinueve o el dieciocho, por no hablar de siglos más atrás, pensar en una profesión sería absurdo, inalcanzable, y en cambio para ella el hombre fue el anatema. Qué se le va a hacer. Son los tiempos que corren. Hoy todo pasa demasiado rápido, es volátil y desechable y por eso los momentos que tiene con Julián son la única ilusión de permanencia. Y siendo esto lo único que tiene podría ser feliz. Pero se le ha metido en la cabeza la idea del tío, de la adolescencia y de los hombres que vinieron después. O más bien: de los hombres que no vinieron. Y la idea de la carta, sobre todo. Y del cuerpo. Su cuerpo. El cuerpo que él tanto ama. Y piensa que está *encarcelada* en el tipo de relación que llevan.

Algo intrigante está sucediendo en esa habitación, semana tras semana.

Un día, al levantarse de la cama, su imagen choca contra el espejo que Julián tiene en la puerta, y Marcela, sorprendida, se mira las piernas. Otro día, en la regadera, se toma los pequeños senos con las manos y los deja caer frente a él.

¡No me digas que mire los defectos de tu cuerpo!, le dice él, cuando después de hacer el amor ella empieza a hacer el recuento de sus desventajas físicas. No quiero verte con tus ojos. No me gusta la forma en que las mujeres se ven a sí mismas. Son sus peores jueces. Pero además, son injustas. Insisten en que les veamos los defectos y lo que en realidad esperan es que les digamos que nada de lo que ellas ven está allí. Pero ¿qué pasaría si él le dijera lo que ella pretendía que quería oír? Supón que te digo que, en efecto, al verte pienso en la mujer que debiste ser a los veinte años. ¿Pensarías que soy más honesto? No. Pensarías que soy un imbécil y que no valoro lo que tengo, pues eres mejor ahora que antes. Y tendrías razón. ¿Entonces por qué, si lo sabes, quieres que diga lo contrario?

Pero ella sabe por qué. ¿No había sido ese cuerpo el que la traicionó una vez?

Sabe que la traicionó, pero ignora las causas. Y es que Marcela se siente una mujer del todo normal, y hasta atractiva. Muy atractiva. Julián se lo dice en todo momento. Cuando se calma su respiración, en ese momento sobre todo, le dice que será bella siempre, aun a pesar de sí misma. Un cuerpo tiene virtudes insospechadas más allá de él, *pese* a él. No importa su edad o su tamaño: todo cuerpo habla de algo que nadie más conoce. Aun el cuerpo que envejece muestra en contra suya su belleza, oculta para muchos, pero no para los que saben observar. ¿Qué otra cosa pinta Lucien Freud? ¿O Francis Bacon?

¿Y no son ésos, cuerpos que nos conmueven hasta hacernos llorar? Pero no importa lo que él le diga, porque el temor de Marcela no se debe a un cuerpo, sino a un papel. Las palabras son más poderosas que la carne, son la carne. De no ser así ¿cómo podrían amenazar al cuerpo?

En realidad, Marcela no odiaba el suyo. Pero aceptar los halagos de su amante hubiera sido obligar a ese cuerpo a permanecer así; joven e inmutable. Era como hacerle una promesa. Y eso tampoco. Eso era dejarse atrapar por el juego del descarte. Uno empieza aceptando cumplidos y más tarde tiene que aceptar ser sustituida por una carta de menor puntaje. ¿No había sido ése el caso de Maria Callas? ¿Y de Mia Farrow, sustituida por su propia hija adoptiva? Una vez cumplidos los treinta y tres (oscilantes, claro), la regla se volvía ley irremediable, y ella no caería en ese juego. Si Julián la veía físicamente atractiva era porque la necesitaba físicamente atractiva. Y ése era *su* problema. Una cosa era que las mujeres no tuvieran más remedio que adaptarse a las expectativas creadas por sus amantes, y otra que no fueran (o no pudieran ser) su propio Frankenstein.

Aquella noche el suyo la llevó a vestirse con mucho cuidado, con un pantalón oscuro y un blusón hindú, nada de carne a la vista. Es decir: a cubrir el cuerpo como si lo ocultara, todo para resaltar más las cualidades de su espíritu. Y más le valía que los otros pudieran percibirlo porque no habría nada más que ver ahí. Bajo el estampado de seda los senos pequeños desaparecían y las enfundadas nalgas se perdían en una masa oscura y redonda. La razón para mostrarse a los demás como lo haría con Julián se basaba en una premisa muy clara. Suponía que los amigos de uno eran como una extensión de la propia personalidad, así que conocer a los amigos de su amante era una forma de buscar multiplicarlo. Una relación es un mundo y el miedo de conocer sus confines es comenzar a agotarlo. Por eso, ella quería expandir esas fronteras; encontrar, por decirlo así, otras almas gemelas con quienes habitar el mundo que habían construido ambos. Pero, ¿caben más de dos en una relación? ¿Es cierto aquello de que siempre hay tres o cuatro o más mientras los amantes fantasean ser uno para el otro? ¿O es que quería algo más?

Si así fuera, y no hay por qué no concederle el beneficio de la duda, lo que constató desde que llegó a la fiesta fue que nada estaba ocurriendo como se lo había propuesto. En cuanto llegó al departamento y tocó el timbre, en lugar de oír el zumbido de siempre, una voz de mujer le preguntó quién era. Soy Marcela, respondió ella, y no soy yo, como hubiera podido hacerlo de ser Julián quien hubiera acudido a abrirle la puerta. Y lo que le abrió fue un cuerpo: una rubia espectacular en medias caladas y vestido negro que se presentó como Estela. Julián estaba en la cocina, le explicó, terminando de preparar una salsa de mejillones porque era un gourmet ¿lo sabía? un gourmet o un gourmand, lo que fuera ¿lo sabía? Marcela dijo sí como habría dicho cualquier otra invitada en caso de no conocer al anfitrión, sobre todo de no conocerlo en el sentido bíblico, he ahí uno de los absurdos que tienes que vivir cuando tu amante no ha terminado de arreglar los asuntos con su ex mujer ni te ha presentado con su círculo de amigas; hay un montón de cosas que tienes que dar por no sabidas. ¿Quién le había dicho que era? Ah, Marcela, sí, creo que Julián sí me ha hablado de ti, dijo Estela, bueno, él está allá, mira, ésa es la cocina. La segunda inexactitud respecto de lo que imaginó fue el modo de saludarla de Julián (sin dejar de mover la salsa, con un beso en la mejilla, muy fugazmente) y le presentó a Víctor y Alicia: oye ¿no se habían visto alguna vez en una exposición? Tal vez, respondió Marcela a Víctor, y luego se ofreció a ayudar a Julián pero él dijo que no, que mejor pasaran los cuatro a la sala y se pusieran cómodos. Los cuatro. Como si se tratara de una sola y misma persona, y esto es lo que ya definitivamente irritó a Marcela. O qué, ¿no representaba ella el papel principal en esa obra?

Julián, voy a llevar a Marcela a que deje su saco a tu recámara, dijo Estela, y Marcela, ya sabiendo lo que le había contestado aquel a quien fuera al que le hubiera hecho la pregunta, Dios o el destino, que cada uno representa el papel principal de su propia obra y nada más, se dejó conducir, convencida de que la única extraña ahí era ella. ¿Serás tú? ¿La que escribió la carta? Esto es lo que hubiera querido preguntarle a Estela, y luego hacer algo, pero ¿qué? Tal vez no era tanto ése el problema, el qué, sino el cómo. Eso era. Había pensado encontrar gente afín a ella y a Julián, con quienes compartir la empatía del alma, el espíritu, y lo que había encontrado era un gordo pegado a una pelirroja y una rubia despótica. Cuerpos. Cuerpos vacíos. La engemelada corporeidad de Víctor y Alicia; el cínico cuerpo de su amante (cuerpo del delito) y el muy competitivo cuerpo de la tal Estela, que ahora se sentaba en la cama donde esa mañana Julián y ella habían hecho el amor y se ponía a arreglar una almohada (¡su almohada!) que estaba a punto de salirse de la funda.

Había nacido en una época de mujeres implacables donde sólo las obstinadas triunfan. Y aunque la gran mayoría eran mujeres más bien solas y ávidas de aprender cómo no ser tristes (mujeres que merecían toda su solidaridad y su compasión, se decía, cuando se ponía a estudiarlas en su investigación de género), su excesiva energía la confundía y la apocaba. Se suponía que conservar a un hombre era un ideal anacrónico y poco deseable, pero no tenerlo se vivía como una pérdida. Una era libre de estar o no estar con un hombre, se suponía. Se suponían muchas cosas, en realidad. Que todo valía igual, por ejemplo. Las modelos sonrientes de los anuncios, una conversación sobre Lacan, las dietas, la pintura de Cranach o de Warhol, los pobres del mundo, la vigencia de los Rolling Stones, la manipulación genética, las guerras en Medio Oriente, Kafka y el New Age. Todo se medía con el mismo rasero. Cualquier pareja podía proporcionarte algún placer, esto Marcela lo sabía. Pero no cualquiera te permitía ser la persona que eras, o que creías ser. O incluso la mejor que podías ser. A ella le había tomado un Altar, una traición, varios sucesivos fracasos y una habitación propia (y vacía) para darse cuenta de que Julián era el único refugio posible ante los cambios externos. Y dada esta circunstancia, ésta era la mejor persona que podía ser:

Oye, ¿y tú de dónde conoces a Julián?, le preguntó a Estela. De la agencia de marketing, hemos hecho varias encuestas juntos. ¿Ah sí? Como cuáles. Pues una de rones, por ejemplo. Ron El Cacique.

¿De rones? Ajá. Se trataba de ver si la gente identificaba el logotipo con un ron o con otra cosa. ¿Otra cosa? Como qué. Con un cacique, por ejemplo. ¿Un cacique? Pues sí, es que hay gente que al ver un cacique puede pensar que es un cacique y otra en cambio que sabe que es un ron. Ron El Cacique.

Si ésta era la mujer de la carta, cuando hablaba era mucho peor que cuando escribía, pensó Marcela. Y tenía pruebas. Sintaxis elemental. Faltas de ortografía. Por no decir que no ve la diferencia entre un ron y un cacique. Pobrecita. Ya estaba por empezar un alegato cuando Julián entró y les sonrió y guiñó un ojo, a saber a quién. ¿Había sido a ella? La gente había empezado a llegar, dijo. ¿No querían pasar a la sala? Y en vez de aprovechar su salida para disculparse con Estela e ir detrás de él, Marcela se quedó ahí, con ella, queriendo saber más, haciendo un enroque de su oscuro objeto del deseo.

Pero Estela tenía otros planes. Antes de salir, ella sí, tras Julián, le sonrió enigmática: La verdad es que nos llevamos muy bien. De hecho, somos inseparables, dijo. Marcela se concentró en los movimientos aleopardados, falsos, por supuesto, y en la seguridad con que salió de la habitación y se movió por el departamento. Tal vez el hecho de concentrarse en ella era una forma de evitar la tentación de regresar a la recámara de Julián y ponerse a hurgar. Porque la oportunidad estaba allí. Estela era una intuición y en cambio ¿cuántas pruebas más, contantes y sonantes, cuántos signos de infidelidad no se ocultarían entre esas paredes? O quizá el hecho de seguirla era el resultado de un capricho: quería empatar ese rostro, el rostro decidido y hermoso de

Estela con una letra, una forma de escribir. ¿Habría sido ella quien escribió la carta?

¡¡Trapitos al soool!!, oyeron las dos, y Estela fue a saludar a Marina, que entraba luciendo un liguero sobre los ceñidos pantalones. De las puntas del liguero pendían trozos de tela, trapos de cocina y recaditos. Te dije que hoy vendría disfrazada de mi verdadero yo, *darling*. ¿O no se trataba de eso? ¿De venir vestidas de nuestro verdadero yo? ¿No fue eso lo que dijiste, Julián? Mira: te presento a Milorad. Milo, ella es Estela, este es Julián y ella... Soy Marcela. Milorad tomó su mano y la besó con ceremonia. Viéndolo, encantada, Marina explicó: Milo es un hombre de otro tiempo.

Les dijo también que Milorad era un genio de las artes plásticas y que estaba en el país por una exposición. Su obra más famosa era una bola de plastilina que había recorrido la ciudad de Berlín completa. ¿Cómo hiciste para rodarla durante la época socialista?, preguntó Marcela. Milorad se encogió de hombros, parecía que iba a decir algo pero se limitó a levantar las cejas. Milo hace jaulas donde mete a sus modelos, dijo Marina, entusiasmada. Les llama "instalaciones vivas". Julián les ofreció una copa de vino y desapareció otra vez en la cocina, con Estela. Luego de un rato de oír a Marina ponderar el talento de su amante, Marcela pudo observar que Julián y Estela tardaban en salir aunque por fin aparecieron con unas fuentes de comida que pusieron sobre la mesa. ¿Estaba viendo de más o eran sólo dos personas que acomodaban los platillos?

La verdad es que Julián y Estela se veían bien juntos. Ella, tan frágil y atractiva dentro de su vestido negro y él tan apropiado en su papel de gato viejo. Alguien tocó el timbre, entraron varias personas que venían juntas, volvió a sonar y esta vez fue un ex alumno de Julián que traía una botella de vino. Marina se acercó a Marcela y aprovechó para decirle: Te admiro. De verdad te lo digo. Te admiro, Marcela. Por qué, dijo ella riendo, sorprendida, y por la cara que puso podríamos decir que más hubiera valido a Marina no decir una cosa así. No sé. Por tu paciencia. Marcela hizo una mueca que fingió ser una sonrisa, se disculpó y se fue a parar junto a la mesa pensando para qué vine. Había un despliegue de platos, quiche Lorraine y tortilla española, un molde de carne y un soufflé. Julián volvió de la cocina con un tazón que tenía tomates deshidratados, sacó una cucharita del trinchador y los puso sobre la mesa. Luego se acercó a Marcela. Pinchó algo con un tenedor y se lo puso en la boca. Prueba ésta, le dijo. Es una mousse, la hizo Estela. La mousse era ilusoria, es decir, sabía a cebolla y aguacate pero le faltaba alguno de los ingredientes básicos, como crema o sal. Deliciosa, aseguró Marcela. Julián la miró fijamente, parecía que iba a decirle algo pero entonces, desde la cocina, lo llamó Estela: ¡ya llegó Silvina!, gritó, y en seguida se puso a hablar con alguien más.

La sala estaba abarrotada, la gente seguía llegando y había invadido el pasillo y parte de la cocina. La música subía de volumen conforme llegaban más y más y hacía difícil cualquier conversación. Julián seguía recibiendo a los recién llegados, entraba y salía de la cocina con bebidas en las manos y sólo por momentos se detenía a conversar en algunos grupos donde era recibido con una alegría desmedida, como si hubiera llegado el Mesías y no un hombre que cumple, ¿cuántos?, le preguntó Estela con coquetería. En algún momento, el estudiante se acercó a Marcela, le ofreció una copa de martini y ella se quedó viendo la fiesta. Le preguntó qué estás haciendo ahora, pero la música estaba demasiado alta y ella, haciendo un gesto con la mano, desistió a la mitad de la explicación. Era algo sobre los celos y las Mujeres Ilustres, eso fue lo único que él alcanzó a oír. Algo sobre la ganancia secundaria de los celos.

Cuando la fiesta empezó a decaer y Marcela fue a servirse el tercer (¿o cuarto?) martini entró un viejo profesor con el pelo teñido bajo un sombrero cordobés y su joven amigo, un avechucho moreno y asustado. Mucha de la gente se había ido ya y la música era ahora apenas un ruido de fondo. El profesor fue a sentarse con su pareja en el sillón que hacía una hora estaba abarrotado y en el que ahora ya sólo estaban otra mujer y Marcela, y empezó a discutir sobre un reciente concurso de belleza donde participaba una mujer de Afganistán. Era la prueba irrefutable, dijo, aunque triste, de la liberación de las mujeres del régimen Talibán, pero Marcela había bebido demasiado para discutir. ¿Y Julián? Parecía ser la única idea que, junto con la pesadez, había quedado en su cabeza. Estaría por ahí, revoloteando. Pasando de mano en mano: un trozo de papel, una bolsa de plástico empujada por el viento que fuera a pegarse justo en el pecho de la blusa ajustada de alguna mujer, por casualidad.

Recordó un día en que esa misma casualidad la había hecho llegar más temprano al salón donde él daba clases y donde habían quedado de verse, para ir a un bar. Lo encontró prácticamente encima de una estudiante rumana a quien según él estaba explicando los procedimientos administrativos de la carrera. Ella se había quedado unos pasos atrás, medio oculta, observándolos y los oyó hablar. No había comparación entre la velocidad de la inteligencia de él y la de la estudiante aquélla, que a pesar de la fluidez de su español no lograba conectar una idea con otra. Le hubiera bastado a Julián quedarse solo con ella en una habitación por dos días durante algún desastre para darse cuenta de que la voz tipluda no transmitía más que sonidos sorprendentes, como un marciano al que no entendiéramos pero que el simple hecho de oírlo hablar nos fascinara, y que los ademanes rápidos y violentos, como ráfagas, eran el anticipo de algún trastorno nervioso que se desencadenaría en unos años. "¡Embriagaos de vino y de poesía!", chillaba la joven. "¡De lo que sea, pero embriagaos!" Por lo visto, había tenido su primera clase sobre Baudelaire y repetía el verso que traducido a su timbre agudo y a su ánimo de anoréxica sonaba bastante terrorífico. Pero había un aliciente en la idea de embriagarse. Y la embriaguez duraría mientras durara su ignorancia y la superioridad de Julián para impresionarla.

Esa misma noche, en el bar, cuando ella le refirió el incidente, Julián se limitó a sonreír. No la dejó hacer más preguntas, ni abundar sobre el tema. En lugar de eso trajo a cuento otra escena de la que ella le había hecho acordarse. Era la única otra vez en que se sintió tan complacido con una mujer a causa de sus celos. Una mujer con la que ni siquiera tenía una relación amorosa, le dijo, pero que se había ofendido cuando al salir de una cena otra amiga le pidió a Julián que le prestara su gabardina. "Oye, este hombre viene conmigo", anunció la mujer aquella, indignada, como si gabardina y hombre fueran lo mismo y fueran de su propiedad. Y él se había sentido muy bien, la verdad. Halagado. Porque los celos tenían ese poder. ¿O no?

Por algo no son pecado capital, dijo. Y brindó: Por nosotros.

Marcela dejó ir el asunto, por supuesto, qué otra cosa hubiera podido hacer. Nunca la exhibición de los celos había traído nada bueno, no al menos desde un punto de vista convencional. ¿O sí? ¿Fueron provechosos y aun necesarios en el caso de Sofía Tolstoi, por ejemplo? Salvo la huida final del conde en tren, salvo ese momento último de claudicación, ¿no habían redundado en años de una unión a toda prueba, incluso a prueba de ellos mismos, y pese a todo en su beneficio? ¿Y en beneficio de la humanidad? ¿No había escrito Lev Nicolaievich Tolstoi sus dos mejores obras, *Ana Karenina* y *Guerra y paz* en medio de atroces escenas de celos?

Cuando el profesor del sombrero cordobés se puso de pie, fastidiado de estar gastando sus ideas ante un auditorio que no las merecía, y seguido de su pareja fue a buscar a alguien más a quien pudiera asestarle sus opiniones a esas horas, Marcela pensó que había llegado el momento de despedirse. Le costó algo de trabajo levantarse y más caminar de una habitación a otra buscando a Julián. Lo encontró en el cuarto de visitas, donde su hijo dormía los fines de semana, en compañía de Silvina, a quien estaba empeñado en darle de beber de su copa. Alcanzó a oír cómo ella decía que había ido a esa habitación a descansar de los zapatos, aunque seguía montada sobre ellos, y vio cómo Julián le acercaba la copa y la forzaba a beber, a sorbitos. De pronto, ella echó la cabeza hacia adelante, él se acercó a decirle algo al oído y Silvina lo empujó, riendo en una carcajada. Entonces se fue a la recámara de Julián y cerró la puerta. Pero ésta se abrió repentinamente.

¡La maja vestida!, le gritó Marina, señalándola. ¿Qué estará pensando nuestra Maja Máxima? Marcela sonrió. La facha de Marina con los tirantes colgando era más visible ahora, con los muchos martinis, que ayudaban a ver las cosas con cierta nitidez peculiar. Era extrañísimo, pensó, estar tan sobria para ver, realmente. Extrañísimo.

Nada, dijo Marcela. Que pareces un rehilete. ¿Y qué más? Que me das gusto, no sé, risa. Una risa que no es de burla sino de alegría. Lo mismo digo yo, *darling*. ¿Por qué no vamos a la sala y me cuentas cómo te va con Nuestro Príncipe de la Razón Pura? Porque tú eres la dama de la que tanto nos ha hablado Julián ¿o no?

Así que les había hablado de ella, pese a todo. Abrazada de Marcela, ¿o era Marcela, la abrazada a Marina? se fue caminando hacia la sala.

Nuestro amigo me ha dicho maravillas de ti, *darling*, no sabes. Que observas a las mujeres, que analizas... Oye, ¿y sabes qué? Que viéndote bien sí, se te ve lo inteligente.

La fiesta había llegado francamente a punto muerto y sólo una que otra pareja hablaba en voz baja, tirada en los sillones. Ay, *darling*. Esto está peor que Bizancio devastada. Creo que mejor nos regresamos a la recámara.

Y emprendieron ambas, que en aquel abrazo eran una sola, la retirada.

Pero no habían pasado cinco minutos cuanto Marina salió del cuarto hecha una furia. Se fue de la fiesta sin Milorad, que estaba medio dormido en un sillón, y sin despedirse de nadie, azotando la puerta. Silvina y Julián se miraron. Fueron a la recámara a averiguar qué había pasado y entonces el profesor del sombrero cordobés le dijo a su joven amante en tono filosófico: ¿Ves, querido? El éxito de una fiesta consiste en invitar a la mayoría de la gente adecuada y a algunas de las personas inadecuadas, y siguieron bebiendo.

Cuando Julián entró a su recámara se encontró con un espectáculo inédito. Despatarrada, Marcela arrojaba objetos en todas direcciones y al verlo le gritó: ¡¡Cabrón!! ¡¡Eres un cabrón absoluto!! Sorprendido, él dio un paso atrás: ¿qué te pasa? Voy a llamar un taxi para que te lleve a tu casa, le dijo. ¡¡Le hiciste el amor igual que a mí!!, aulló Marcela, ¡¡Igualito!! Oye Julián, ¿no sería buena idea que devolviera el estómago?, dijo Silvina. ¡Le amarraste las manos a la cabecera de la cama y le tapaste la boca con cinta de empacar, igual que a mí! Y luego, mirando a Silvina con ojos inyectados, le explicó: ¡nos tapó a las dos la boca con cinta de aislar…! ¡A las dos! No te preocupes por eso ahora, la consoló Silvina y la ayudó a incorporarse. Pero ella insistió: Oye, Silvina. Tú me conoces a mí y yo a ti. Y conoces a éste. Señaló a Julián. Pues no tuvo ni la imaginación ni la decencia de hacerlo distinto…

Silvina levantó la tapa del excusado, la llevó al lavamanos y la ayudó a enjuagarse. Cuando tras un rato Marcela le aseguró que se sentía mejor, la acompañó a recostarse en la cama. Parece que ya está menos mal, le dijo a Julián, que había despedido a los últimos invitados y se había sentado junto al ventanal, con un vaso de whisky y un gesto de fastidio. ¿Vas a mandarla a su casa? Julián, sin mirarla, negó con la cabeza. Se hizo un silencio, dio otro sorbo al whisky, y añadió: Pero no puedo quedarme con ella. La sola idea me resulta insoportable. Silvina asintió. Y qué piensas hacer, dijo. Julián volvió a negar con la cabeza. De pronto, cerró los ojos y recostó la cabeza en el respaldo. ¿Quieres que vayamos a mi casa?, propuso ella. Puedes quedarte allí, si quieres.

No hubo necesidad de responder, como tampoco de tomar ninguna iniciativa. Horas más tarde, cuando Julián trató de entender qué había pasado, acudieron a su mente, como si se tratara de un parte policiaco, los últimos acontecimientos: a las dos de la madrugada vio a Marcela tirada en el piso de su cuarto, a las dos y media Silvina la ayudó a vomitar, a las tres salieron de su departamento y poco antes de las cuatro ya estaban metidos en la cama haciendo el amor en casa de Silvina. Antes del amanecer, borracho de poesía, de sexo y de sí mismo decidió que había encontrado a la mujer de su vida.

Mientras iba de regreso a su casa, aturdido y feliz, pensaba en la conversación que tendría con Marcela. No iba a ser fácil. Llevaban poco más de un año de una relación que hasta ese momento él había considerado perfecta: se veían de dos a tres veces por semana, hacían el amor a plena luz, dejando pasar las horas, sin otro compromiso que la necesidad de verse.

Todo había empezado cuando lo amenazaron con bajarlo de puesto en la universidad ante su falta de publicaciones. Alguien le dijo entonces que quizá podría incluir uno de sus artículos en una revista de estudios de género donde por tratarse de un hombre no tendría mayor problema. Fue a regañadientes a la oficina, por no dejar, y lo último que esperó encontrarse en aquel cubículo ínfimo fue a esa mujer tan atractiva, que le sonreía por encima de la pantalla de la computadora. En seguida se involucró con ella. Las horas en que no estaba durmiendo o dando clase pensaba en alguno de los artículos leídos en alguna de las revistas extranjeras a las que estaba suscrito y buscaba maneras de sorprenderla. Pero cuando llegó la fecha convenida para la publicación no tuvo ningún artículo que ofrecerle. No es que su idea sobre el antifeminismo de Schopenhauer y de Russell no fuera muy buena, sólo que nunca la llevó al papel. Sin embargo, cada vez que tenía un tiempo libre se presentaba en la pequeña oficina que siempre lo asombraba por su orden, con los estantes llenos de libros de consulta y revistas perfectamente apiladas, y después porque no se imaginaba que a pesar de haber estado con aquella mujer el día anterior fuera a sorprenderse deseándola tan vivamente apenas la veía. A pesar de los pantalones flojos y aquellas camisetas como de muchacho. O por eso. Le bastó con llevarla a su casa para darse cuenta de que la rigidez era fingida, y que los anteojos y la forma de modular la voz le ayudaban a dar esa apariencia de intelectual con la que se sentía tan a gusto. Aquella primera vez luego de verla sonreír hablaron de naderías y se produjeron silencios durante los cuales se miraron sin saber qué decir hasta que él, quién sabe por qué, prometió escribir el artículo para el mes siguiente y ella supo que no lo haría. Pero cuando llegó el momento de dar por concluido el encuentro ninguno quiso dar el primer paso y algo debió haber pasado en ese breve instante porque luego de un rato de hablar de formatos de edición y convenciones de estilo ambos abandonaron la oficina y se dirigieron a casa de él sin volver a acordarse de ese tema.

Al día siguiente, él fue a buscarla a la redacción, no la encontró. La llamó por teléfono, le dejó grabado un mensaje hecho con un juego de palabras que hacía referencia al día anterior y una hora después ella estaba delante de su puerta.

Marcela había suplido su necesidad de salir a la calle y encontrarse deambulando sin hacer nada, de llenar sus momentos de angustia yendo a un gimnasio, paseando con su hijo o hablando esporádicamente con su amigo Pável, el único ser con quien tenía algún tipo de relación, cuando su depresión tocó un punto en que amenazaba con enquistarse para siempre. El solo contacto físico con Marcela lo llevaba a hablar y le producía un estado eufórico. Podía estar así por días, hablándole de planes no concretados pero que se concretarían. Marcela tenía la rara cualidad de hacerlo aterrizar sus ideas; le producía la sensación de que no faltaba más que empezar a ponerlas en práctica para desarrollar el gran proyecto de su vida. Pero esas ideas quedaban truncas porque entonces ella tenía que vestirse de prisa, tenía que irse; aducía que tenía que avanzar en su investigación y se iba. La recordaba yéndose siempre antes de tiempo, luego de una conversación intensísima. La recuerda abrazándolo, bebiendo el último trago de café y yéndose. Como si supiera que en eso radicaba su poder. En no dar ninguna importancia a su importancia, a la energía de su juventud, a su belleza y al poder de transformación que en él había tenido ese encuentro.

    Para que ella no se diera cuenta, apenas la veía empezaba a hablar. Le hablaba de filosofía, de todo lo que se había dicho sobre el mundo, como para que ella supiera que aún siendo éste insensato como era, ella había venido a cambiar esa insensatez dándole sentido a su vida. Y ahora que se pone a pensar en el tiempo que ha estado con ella se le hace patente algo que no había notado. Marcela sabe hacer que él diga cosas que ni siquiera sabía que supiera. Con ella habla de lo que sea y luego resulta que es algo que ha querido decir desde hacía mucho tiempo. Empiezan a conversar y él ya está hablándole de un nuevo proyecto. Inventa planes, teorías. Una novela.

Porque tiene miles de historias pero le ha faltado que alguien venga y las saque de ahí adentro. Y no sabe en qué consiste que ella pueda hacerlo. Y que haga otras cosas. Por ejemplo, cuando mientras hacen el amor abre los ojos y ve que ella lo está mirando. ¿Qué era? Lo observaba con una atención que hacía mucho tiempo nadie le prodigaba y en él surge entonces un nuevo sentimiento: la fe en sí mismo. ¿Por qué lo miraba así? ¿Era en verdad tan interesante? Piensa en trasladar esa mirada a un ámbito más amplio y un día, sin querer, lo hace. Se encuentra con una antigua amiga: Silvina. Ella le pregunta que por qué está tan desaparecido y él le cuenta que es porque conoció a alguien. ¿Viejo o nuevo? Nuevo. ¿Del país o extranjera? Del país. ¿Y cómo está? Enloquecido. Absoluta, profunda y letalmente enloquecido. Siente tal entusiasmo de narrar que no puede parar la conversación con Silvina. Es la confesión de algo que en cierta forma es lo mismo que hace con Marcela. Siempre había querido hacer esto pero faltaba poder compartirlo con alguien y ahora que lo hace con las dos cree que será más fácil. Compartir la vida así, conversando, simplemente. Sentirse vivo. La confesión de ese sueño satisface ostensiblemente a Silvina, que ahora lo ve de otro modo. Silvina, que nunca había reparado en él. Ahora quiere que le cuente todo, se entusiasma con la historia de su nueva amante, quince años menor, y hasta participa. Opina. Da consejos. Lo encuentra atractivo, a él, que nunca se imaginó que pudiera interesarle a una mujer tantos años menor, y está feliz de oírlo, le dice, como hacía años que no lo oía. Él se siente complacido, no para de hablar y tanto se entusiasma que pasa la mayor parte del tiempo hablando y hasta ha empezado a pensar que hablar es lo único que le queda.

Y es que la madre de su hijo no le habla. No le habla ni le hablará, dice. La relación se reduce al intercambio de saludos y a que ella le pase la bocina del teléfono a su hijo cuando es él quien llama. Hacía poco trabajaba en una empresa de productos para el cuidado del cabello, hasta que un día no pudo levantarse de la cama. Su hijo atiende las llamadas y acude a la visita de los sábados a que su madre lo obliga, con recelo. Cree que tal vez él es el culpable de eso que le pasa a su madre. Son casi seis años que abandonó a esa mujer, con la que no sabe por qué se casó, por otra que poco después lo dejó con la mesa puesta y sin ninguna explicación. Posteriormente tuvo otras relaciones pero cuando empezaban a hacerse sólidas uno de los dos se retractaba, sin ninguna explicación. Hasta que surgió Marcela. Marcela y sus teorías extrañas sobre el cuerpo. Contradictorias, y por eso mismo deslumbrantes. Para que algo pueda verse es necesario construir una distancia, el deseo depende de esa distancia siempre. Pero si la distancia es tan amplia como para permitir que entre a escena alguien más, la visión se eclipsa.

¿Cómo va a explicarle ahora que ha ocurrido algo? Y sobre todo, ¿qué? ¿Qué va a decirle, que el problema había sido el contexto? ¿Que la relación de ambos era perfecta siempre y cuando no hubiera alguien más pero lo hubo? Escenas. Si algo no soportaba Julián eran las escenas. Siempre había hablado con toda franqueza y ambos comprendían que el mundo cambiaba, que las circunstancias están en continuo movimiento y que a cada instante dejamos de ser los mismos. Pero ¿habían hablado de verdad? Ahora tenía la sensación de no haber sido más que él quien había expuesto sus ideas y ella quien se había limitado a escucharlo.

Hacia las dos de la tarde, cuando llegó a su casa, se encontró con que Marcela había recogido los platos, los vasos y las copas, los había lavado y los había puesto a escurrir en el fregadero. Los restos de comida y las botellas estaban en dos bolsas negras de plástico junto a la puerta, y un recado en la mesa del comedor, un beso con lápiz labial: Gracias por la fiesta de anoche.

¿Por qué le hacía esto?

Decidió salir a comer a un restaurante cercano y luego se puso a dar vueltas por la calle, sin dirección. Agujas, cables entre él y el cielo, un espectacular con una pareja haciendo el amor sobre un letrero: "vive la vida sin consecuencias". Luego de oír el segundo mensaje de Silvina por la tarde confirmándole lo maravilloso que había sido para ella, se animó a llamar a Marcela por teléfono. Tengo que decirte algo, le dijo. ¿No puede ser después? Estoy en medio de un lío con lo de la investigación, respondió ella.

Anoche me quedé a dormir con alguien. Creo que me he enamorado.

Ella aguardó un momento. Luego añadió con voz animada: Bueno, la última vez fue hace tres meses, al ver de nuevo a Anita Ekberg en *La dolce vita*, y luego cuando fuiste a comer con Raquel y te trajo aquella loción. Por cierto, ¿encontraste todo bien en tu casa? Se quedó mudo un instante y ella preguntó: ¿Y de eso no me dices nada?

Pero qué podía decir, además de darle las gracias. Ella sugirió entonces: ¿Por qué no te echas a dormir un rato? Y me cuentas después. ¿De acuerdo? Otro día. Cuando termine este capítulo.

Y a él añadir algo más le pareció innecesario.

¿Me quieres? ¿Cómo sabes que me quieres y no sólo *crees* que me quieres? ¿Cómo puedo saberlo yo? Salvo por estas preguntas, Silvina no le metía ninguna presión ni le exigía nada. Aunque decir que no le pedía que dejara a Marcela y que comprendía que la separación tuviera que aplazarse no era tampoco no pedirle nada. Tal vez lo que esperaba de él fuera mucho más difícil de obtener que una simple fecha de separación. Sí. Te quiero como nunca he querido a nadie, te quiero como no esperaba querer ya. Pero ¿cómo sabía ella que no lo había dicho antes a otras teniendo Julián el historial que tenía? Es decir: su propio amor, ese amor que ahora pensaba único, había nacido de una infidelidad. Habían engañado a Marcela. ¿Quién le aseguraba que no la engañaría a ella también? A lo mejor no debería creerle. Pero si no podía creerle ¿qué sentido tenía decirse lo que se decían? Es muy fácil decir te quiero, decía Silvina, sobre todo, cuando no puede probarse. El amor de ella, en cambio, valía más: era más sincero. La prueba era que no le pedía nada, ni siquiera que se separara de su amante.

    De hecho, era él quien prometía hacerlo cada vez que hacían el amor, y hasta decía estar esperando el mejor momento. Incluso daba fechas tentativas. Cuando ella, Silvina, volviera de su estancia como funcionaria cultural en Nueva York. Cuando, una vez de regreso, él terminara el semestre. Cuando Marcela estuviera más avanzada en su investigación, había trabajado tanto, algo así podía hacerla tirar todo por la borda. Caer en una depresión. Y después de lo que habían vivido juntos, no era así como quería pagarle.

 Pero Silvina no parecía tener ninguna prisa. Con saber que la quería era suficiente. Eso sí: quería estar segura. Porque una vez estándolo, lo demás era lo de menos. Eran otras las cosas que la absorbían. Estaba ocupadísima preparando el traslado. Un cambio de país es algo mucho más complicado de lo que parece. Lleva su tiempo. Hay muchas cosas que resolver. El lugar donde va a vivir. La visa. Los libros que hay que empacar y los muebles. Rentar una bodega. No quería perder su departamento tampoco. Y claro, la idea de vivir en Nueva York la tenía feliz por un lado, aunque triste por otro. Porque dejaría de verlo por un tiempo. Aunque pronto estarían juntos los dos allá, solos. Pero se ponía nerviosa con los preparativos. Le había hablado tanto de lo que significaba obtener ese trabajo en el Instituto de Cultura y de lo que haría en él y todo eso. También de su deseo de que él la visitara lo más seguido que pudiera. Le había prometido algo, también. Mientras ella estuviera en el instituto de cultura en Nueva York él podría dar algunas conferencias. Algo contemporáneo, de mucha actualidad: Filosofía gourmet. Cocina *fusion*. La filosofía, la cocina y su relación con el mestizaje de culturas, algo así. La mezcla de los sabores y las fronteras. ¿Qué tal si se iba con ella durante el verano? El departamentito en East Village, entre la tercera y Bowery, era un dedal. Pero cabían los dos, que era lo único importante. Y era una belleza. Estaba en el mismo edificio donde vivía Philip Glass, sólo que hasta arriba. Y tenía una ventana que daba a un jardín interior. Uno de esos edificios que en los sesenta el gobierno dio a algunos jóvenes progresistas para que los acondicionaran y los habitaran de forma vitalicia, sin posibilidad de venderlos.

A él la promesa le entusiasmaba. Sería una forma de descargar los sueños no realizados y hacer *algo*. Convertirse en un hacedor. Dejar de ser él mismo.

Cuando Silvina se puso demasiado nerviosa porque aún no le daban la visa, por tener que desocupar el departamento sin haber encontrado inquilino, porque un cambio así de radical le ponía los pelos de punta, a Julián le pareció un remanso volver a Marcela. Conversar con ella, simplemente, viendo el cambio del sol en los muros de la casa lo envolvía en una sensación de paz. Lo hacía sentirse la mejor posibilidad de sí mismo. Cuando uno dice "la mujer de mi vida" ¿no se refiere a esa mujer en *ese* preciso momento y no en otro? Él hablaba, Marcela oía. En una de las raras pausas en que ella intervino, le propuso escribir su artículo para que él pudiera publicarlo de una vez. Entendía que estuviera tan ocupado. Pero estar ocupado podía ser un camino inacabable y era preciso publicar. Publicar o perecer, según decía el lema de la academia.

Y cuando hacían el amor, para Julián era una liberación que fuera en silencio, sin tener que responder a las preguntas de ella y sin estar demasiado concentrado en complacerla. Hasta le parecía que había exagerado su reacción a la escena aquella de

Marcela en la fiesta. Y desde cierta óptica, había sido muy atinada también, pues le había hecho valorar el precio de eso que había entre ellos, que no tenía por qué cambiar con la aparición de Silvina. Cada relación es única. Nadie puede darnos lo que nos da alguien más. Y cuando quiso traer a cuento el tema de los celos, Marcela pareció sorprenderse: ¿celos? ¿Cuáles celos? Celos por qué, en todo caso. No tenían un compromiso, que ella supiera. Simplemente le molestó que fuera tan vulgar. Tan... poco imaginativo. Cuando una mujer se acuesta con un hombre lo hace casi siempre porque se enamora. En cambio, cada vez que él se enrolla con otra lo hace por pura lubricidad. Haber hecho el amor con Marina antes de conocerla a ella sólo habla de su buen gusto. Haberlo hecho con ambas de la misma forma es en cambio prueba de que el *performance* es más importante que el sentimiento. Y darse cuenta de la poca importancia que él le daba a algo que ella había creído único fue lo que la decepcionó. Pero ¿qué escala aplica ella, dice él, para decidir que aun siendo muy parecidas (idénticas no, eso es imposible, el principio de identidad consiste en que A no es igual a B; en que al numerar las sillas en cada caso digo "una", "una", "una") en la forma, una relación es producto del amor y la otra de la lujuria? Y en todo caso, ¿cuál es cuál?

Llegó el día de la mudanza. Silvina acordó que él se reuniría con ella más tarde, cuando ya estuviera instalada. Acordaron que pasarían juntos las vacaciones de verano. Él le dijo a Marcela que iría a Nueva York a hacer una investigación. ¿Una investigación? Qué tenía de raro, si era investigador. Para eso le pagaban. Necesitaba documentar el ensayo sobre la identidad del que tanto le había hablado. Las publicaciones aquí llegaban con un retraso desesperante. Allá no le costaría ningún trabajo ponerse al día. Compraría libros y si no los encontraba fotocopiaría los de la biblioteca. Y quién sabe, a lo mejor ella ya no tendría que andarle prometiendo escribir sus artículos por él; hasta podía terminar el par de ellos que le tenía prometidos para su revista. Ahora decía así: que le tenía prometidos, como si no fuera algo que se estuviera prometiendo a sí mismo.

Pero en cuanto llegó a Nueva York, volvió a pensar que su vida verdadera estaba con Silvina. Durante los primeros días, el contacto físico y la ciudad hicieron casi todo por ellos. Alternativamente hacían el amor y hacían turismo. Descubrían bares nuevos y galerías y ella le mostraba los lugares que había estado guardando para él. Comían y bebían fuera. Caminaban de la Cuatro Este a la Cuarenta y Dos metiéndose en cafés, probándose ropa, imaginando cómo vivirían de vivir en el Village o en el Upper West Side. Y se encerraban. Y luego de haberse encerrado era muy difícil salir. Ayunaban todo el día por estar metidos haciendo el amor a treinta y dos grados a la sombra en el departamento. Y sólo por causa de extrema necesidad salían a buscar aire y algo de comer, pero no comían y terminaban bebiendo champaña en Central Park. Tenían algo que hacer, ése era el secreto. ¿Qué planes tenemos para hoy?, preguntaba Silvina, y él podía decir: haremos esto y esto. Pero los planes y la energía para llevarlos a cabo no eran eternos. La intención sí, ésa puede estirarse un poco, pero ¿y el tiempo libre de Silvina?

He ahí algo que ninguno de los dos había tomado en cuenta.

Así que cuando ella se vio obligada a volver al trabajo (porque, después de todo, ella había ido ahí a trabajar ¿no?) él se encontró con un predicamento. No tenía ganas de seguir por su cuenta. ¿Qué planes iba a tener? ¿Aprenderse de memoria las salas de los museos? ¿Caminar todo el día, entrar a las tiendas porno, comer siete platos de ostras en el bar del Plaza? ¿Ir al Jackie Onassis Reservoir a ver patos en Central Park?

Muchas historias de amantes ocurren en Nueva York. En ellas, los amorosos parecen tener mil opciones, pero en la de Julián había una sola, por más que quisiera vestirla de Saks Fifth Avenue: hacer de príncipe consorte, lo tomas o lo dejas. Y siendo como era un hombre con su dignidad, su cierta cultura, qué iba a hacer sino armarse con la única opción a la mano, a saber: finja usted que hace y acabará haciendo. Se iba a la Biblioteca Pública en la Cuarenta y Dos y la Quinta y trataba de concentrarse en alguno de los libros que Marcela le había visto empacar. Pero era una estupidez leer en aquella sala, por más que pendieran dieciocho arañas de cristal sobre su cabeza, teniendo a Nueva York allá afuera. Trató de aplicarse en aquello que le decía Marcela que sabía hacer bien: tiempo. Hacer tiempo, he ahí una especialidad. Se ponía a mirar las boutiques de SoHo, los aparadores de Zabar's y de Dean & DeLuca, y compraba algunos ingredientes en el Gourmet Garage; no volvía al departamento a guardarlos (la única llave la tenía Silvina), sino que se iba caminando por Christopher Street hasta llegar a la Oscar Wilde Memorial Bookshop, todo por tener a Nueva York aunque hiciera tiempo que ya se hubiera perdido a sí mismo. Incluso tomó algún paseo guiado: La ruta de los escritores en el Village, con la casa de Mark Twain (que recibía a sus invitados en una cama de madera) y William Styron (que tuvo una crisis depresiva) y Willa Cather (que organizaba veladas los viernes, pero cuya casa estaba cerrada al público) a fin de extenuarse para olvidar su decepción.

Y se extenuaba.

Y así, extenuado y dispuesto a acostarse, una de esas noches Silvina le dijo: ¿Sabes, love? Voy a necesitar un poco más de vida social, y he pensado en ti. ¿En mí? Sí, en ti. Te vi aquel día en tu casa hacer de anfitrión y eres un experto. Y además, con tu cultura, podrías ayudarme a planear la próxima exposición. En los consulados de países como el nuestro no se llega a nada sin relaciones y no hay algo mejor que los cocteles para conseguir las relaciones. Las invitaciones a cenar en la casa son importantísimas también, aunque ésas ya planearemos hacerlas con gente más específica. Pero las del Instituto de Cultura, que para todo fin práctico funge como el rostro visible del consulado, son urgentes.

Silvina era Virgo. Tenía una violenta pasión por hacer listas.

Así que empezó a hacerlas. Tomó papel y lápiz y anotó. En primer lugar, el encargado de Asuntos Exteriores. El general sponsor de Cultura, un tipo déspota y racista que no tenía interés en nada que no fuera él, mucho menos en latinos, pero que era uno de los benefactores prominentes. Era un gordo maniaco, que se había hecho construir una biblioteca, réplica a escala de la de Montaigne, en madera de roble blanco y se había encerrado a vivir en ella. Coleccionaba cuadros de grandes artistas cuyo tema fuera siempre un hombre leyendo, pues además de su colección, leer era en realidad lo único que hacía desde su retiro, y hablaba de los modelos de los cuadros como si fuera de sí mismo. Luego estaba el director del Latin American Arts Festival y el del Third World Endowment for the Arts. Este último no haría nada, porque temía que su propuesta de ayuda al gobierno de Estados Unidos a un país como el nuestro pudiera perjudicarlo personalmente. En cambio, si sabía que venía Ted Krementz, director de NBC, podía actuar. Actuaría si sabía que gozábamos del favor de una cadena mediática o de una institución oficial de la que ellos dependían.

Julián sabía que el hecho de que el instituto tuviera que valerse de ellos para subsistir los volvía automáticamente dignos de su atención. No necesitaban ser simpáticos, ni siquiera amables, para ser invitados. Era una honra para ellos que aceptaran, no ya la invitación sino, cuando menos, tomar la llamada y ahora Silvina tenía puesta toda su energía en ver cómo podía hacer para que aceptaran ser invitados.

Lo de tener que ocupar tantas horas en su trabajo Julián lo entendía. Pero ¿por qué tenía que sumarle a eso el invitar gente a su casa, estando él ahí, en su tiempo libre? El fin del verano fue el pretexto ideal. Y regresar fue un alivio.

Los siguientes meses los pasó entre Marcela y el recuerdo de Silvina. Y entre más pasaba el tiempo, más se convencía de que en aquel viaje había vivido algo irrepetible. Único. Y se acordaba sólo de los buenos momentos: el amor crece cuando está lejos. El deseo también, sobre todo cuando el objeto está en la imaginación. Y en la posibilidad, claro, de satisfacerlo algún día. Julián pensaba continuamente en que cuando las cosas se complicaran con Marcela, estaría Silvina. A la espera. En Nueva York. ¿No se lo decía ella por carta (ya que él se negaba a tener correo electrónico) y por teléfono, todo el tiempo?

Pero algo de culpa crecía también.

No cuando estaba con ellas. Cuando recostado al lado de alguna podía oler el aroma peculiar de su piel, sentir el calor de los muslos de Marcela o la suave opulencia de los pechos de Silvina, podía decir sin problemas a cada una: "mi vida". El asunto surgía cuando estaba a solas. ¿Qué estaba haciendo? Pero, también: ¿para qué pensar? La crisis de los cuarenta, esa necesidad continua de huir de la que todos hablan era nada junto a la de los cincuenta (de la que nadie hablaba y a la que se acercaba a pasos vertiginosos), que consiste en pensar: qué sentido tiene. Irse o quedarse, qué sentido. Por eso bajó la guardia, porque le dio por subestimar el sentido de lo que estaba haciendo.

Un día, poco antes de Navidad, recibió una llamada de Silvina. Lo invitaba a dar la tan prometida conferencia sobre cocina. Lo que le había dicho sobre aprovechar sus otras cualidades no había sido broma. Él sabía de cocina, y sobre todo, sabía hablar. Hablar en público. ¿No era eso lo que hacía en sus clases, hablar de lo que fuera? Filosofía: amor a la sabiduría. Podía hablar de ese amor, de todo y de nada, y hallar la sabiduría en las dos cosas; él era sabio en cualquier tema.

Julián no supo si ofenderse o sentirse halagado. Pero la oferta era demasiado tentadora, considerando que las cosas con su ex mujer se habían puesto peores (ahora le exigía que le pagara las consultas con el sicoanalista, aduciendo tortura mental), que su hijo se pasaba el tiempo en gastos y exigencias y que Marcela, seamos sinceros, estaba empezando a aburrirle con la cantaleta de que la escuchara leerle los avances de su dichoso estudio sobre las Mujeres Ilustres. Lo que Silvina le ofrecía era un breve escape de la universidad, de los fines de semana eternos, sin saber qué hacer, oyendo los reproches de su hijo. Un viaje a Nueva York todo pagado, hotel de cinco estrellas, con Silvina disponible (era un decir, con las mujeres profesionales todo era un decir) y una suma considerable para hablar durante una hora, comer bocadillos y degustar una amplia variedad de licores, no era algo para despreciar. Quedarse con Marcela era una opción cómoda. Más cómoda aún que preparar una ponencia sobre el camino de Eleusis y las bondades del agave azul y la denominación de origen. Pero Marcela estaba ahí, estaría ahí cuando él regresara, de todos modos.

Luego de haberlo pensado por la noche mientras se bebía unos whiskys y pasaba de un canal de televisión a otro, se despertó con un fuerte dolor de cabeza y sin ilusiones excesivas. Había decidido ir por azar, como un acto de disciplina, casi, como si con ello pudiera contrarrestar su creciente imposibilidad de entusiasmarse por las cosas. *Cocina tantra y pensamiento positivo. Los orígenes y los hábitos culina-*

rios. Asia de América. Mientras iba hacia el aeropuerto viendo el folleto de promoción, pensaba en cómo le pondría a su ponencia para que no desentonara con el resto. El problema del contexto, otra vez. ¿No era eso también parte de la globalización? ¿Obligarlo a uno a pertenecer a algo que no quiere, de modos inéditos? ¿A ser parte de algo? Del programa tentativo le había llamado la atención una nota estadística al final del documento: la mayoría del público asistente eran mujeres. Profesoras y alumnas de estudios culturales, de asociaciones humanísticas y académicas con tendencias postcoloniales. ¿Importaba el rubro? Mujeres.

Claro que no era difícil imaginarlas: cuarentonas y seguramente pasadas de peso. Y era a esos lastres de la emocionalidad a quienes tenía que seducir con palabras. No era lo suyo, definitivamente. Pero, bueno, pensaba, una semana con Silvina no estaba mal. Sexualmente los casi cincuenta le habían traído más satisfacciones que los cuarenta. La contracción de los mercados mundiales y el alza en las colegiaturas de las universidades particulares había traído una racha de jovencitas venidas de los países de Europa del este y de Sudamérica. Una que otra cubana con miras a buscar asilo político o alguna puertorriqueña que no había sido aceptada en Nueva York por peligro de que una vez en el país cambiara su residencia. Argentinas, colombianas, peruanas. Y todas ellas ansiosas de conocer a Nietzsche y a Heidegger. "El hombre es un ser para la muerte." ¿No era eso, como decía Marcela, una tragedia?

Se bebió el último whisky y pagó la cuenta del bar antes de pasar por la banda de revisión de equipaje del aeropuerto. Volvía a ser un casi cincuentón de un país colonizado, pobre y por simple ley de concordancia, feo. Le tomaron la foto y la huella digital, le hicieron quitarse los zapatos y meterlos en una canastilla, abrieron su maleta con manos envueltas en guantes de látex y luego de colocar sus cosas de cualquier modo las dejaron ir por la cinta móvil, dando por sentado que no era nadie, ni siquiera un sujeto de peligro.

Al llegar a Nueva York, con menos dos grados centígrados y vientos cruzados del Hudson y el East River, todavía bajo la impresión del maltrato, de las miradas suspicaces y las mismas preguntas mil veces repetidas, recibió sin entusiasmo el abrazo de Silvina, quien fue a recogerlo en un coche prestado al aeropuerto. Más bien dicho, lo toleró. Se dejó abrazar con estoicismo. Una vez dentro, se sentó lo más apartado de su cuerpo que pudo y no habló con ella. Pero ¿qué le pasaba? ¿Le había ocurrido algo? ¿Tenía ella algo que ver, qué había hecho? Pronto empezaron los disparos de metralla de Silvina. He ahí el problema del amor, que es una batalla en la que uno se siente siempre el centro. Y por eso, ella se sintió culpable de lo que le ocurría y procuró animarlo hablándole de la conferencia. Le dijo quiénes irían a escucharlo y cuántos, y mientras lo decía le pasó el dorso de la mano por la mejilla, que él retiró echándose hacia atrás. Ella prefirió no comentar nada, le señaló algunos edificios conforme los iban pasando y le habló de los últimos acontecimientos, tratando de remediar con sus palabras lo que fuera que ella, sin saberlo, le hubiera hecho. Se cuidó de no hacerlo hablar de más, ni hacerlo caminar; ni aburrirlo. Se llevó su equipaje y lo dejó a él en un bistró cercano al hotel donde se hospedaría esta vez, ¡El Waldorf Astoria!, ¡El hotel donde sólo se iban a quedar los espónsores! Y sobre todo, evitó hablarle de sus planes de tener un hijo, como se había propuesto.

Pero al estar juntos de nuevo haciendo el amor, frente a la chimenea, en aquel cuarto alfombrado y en aquella cama tan alta, mirando por la ventana la nieve y el brillo de las luces, Silvina no pudo desconectar el mecanismo que pareció accionarse respondiendo a quién sabe qué orden del pasado, y en una de las pausas que ambos decidieron hacer para darse un respiro, le dijo:

Quizá es que no me quieres.

La mirada que recibió debió haberla hecho reaccionar; debió haberla hecho percibir, cuando menos, la contradicción que había entre la actitud de Julián de hacía unos minutos y el desprecio infinito de ahora. Y en cambio la hizo experimentar algo que ya había sentido crecer desde hacía un tiempo, para ser exactos, desde que Julián se fue; una repugnancia muy viva hacia sí misma. Formaba parte de una generación que había proclamado la cualidad efímera del amor, la validez de la relación amorosa sólo mientras la pasión existiera y no era de extrañar que hubiera caído en su propia trampa. El culto al instante que las mujeres de su generación habían contribuido tanto a establecer ahora obraba en su contra y la llenaba de dudas: tal vez la esencia de la pareja es que nunca va pareja.

Claro que a lo mejor tendría que creerte, dijo.

Pero Julián, sin darse vuelta a verla, suspiró mirando al frente, impasible.

O a lo mejor, aunque no te crea, no debería hacerte estas preguntas.

Pero es que él debería entender, esto es lo que ella pensaba. Que no eran preguntas. Que siendo el amor, como era, incuestionable, estas falsas preguntas no eran más que otra variante del escarceo amoroso. Una confirmación de la propia necesidad del otro y, por tanto, una caricia que espera ser contestada con otra. Sólo que Julián no pensaba así. Se daba cuenta de que Silvina, apenas un par de años menor que Marcela, era tan inexperta como cargosa.

¿Qué haces?, le preguntó aquella primera noche, en la casa de ella, cuando la vio tomar su miembro y pasar la lengua por debajo, siguiendo repetidamente el contorno de la vena rumbo a su próstata. ¿Te gusta?, preguntó, tímidamente. Sí, le gustaba. Parecía haber repetido esa frase cuando menos ciento ocho veces en las dos últimas horas. Me gusta mucho. ¿Te gusta mucho? Otra vez. Lo mejor para salir de ese círculo vicioso era emprender el camino por una dirección nueva. Y eso fue lo que hizo, porque sin esperar a que Silvina preguntara otra vez, se adelantó: Pero ¿sabes? Lo que más me gusta es que te guste lo que a mí me gusta. Qué, dijo ella. Pues eso. ¿O sea que nos gusta lo mismo a los dos?, Silvina soltó una carcajada. Ajá. Ajá qué, dijo ella. ¿Que a éste y a mí nos gustas tú (señaló al pene), o que a ti y a mí nos gusta éste?

Lo había atrapado. Era insegura, brusca, no sabía nada de delicadeza (menos de seducción) y sin embargo lo había atrapado y por eso se rió. Le festejó la broma. Y para devolvérsela, o para resarcirse, o quizá nada más porque era deliciosamente inexperta, quiso hacer con ella lo que Marcela no se dejaría hacer a riesgo de asestarle un discurso. Convertirla en una escultura viviente. Su escultura.

Ven. Ponte en cuatro patas. Lento, hazlo mucho más lento. Recárgate aquí. Apoya la frente. Ahora, resiste.

Durante los meses previos a su partida, fue enseñándole lo que sabía, viéndola someterse y aprobar el examen luego de pedirle que orinara sobre él (lluvia dorada, la llamaba) y obligarla luego a beber su semen de una cuchara. Sabía que bastaba con que lo ordenara para que ella empezara a poner en práctica lo aprendido, de modo inmediato y sin chistar. Pero sabía también que ahora lo haría aunque no se lo pidiera.

Y es que en el proceso algo previsible había ocurrido. Cuanto más se iba soltando el cuerpo, más atrapada parecía encontrarse esa otra parte de Silvina que ella solía llamar "ella misma". Angustiada, llena de ansiedad, Silvina, o una parte de ella, y no precisamente la que a él más le gustaba, quería hallar la confirmación de que ella seguía siendo ella, pese a todo. Eso decía. Y para saber que su alma era todavía suya, empezó a utilizar el único medio de reflejarla de que disponía, el cuerpo.

¿Me quieres?

Lo que ella le insinuó aquella noche mientras le lamía la línea del pene, el temor de que fuera a sí mismo a quien él estuviera amando a través del cuerpo de ella, no había sido una broma.

Porque si en verdad fuera a mí a quien quisieras, encontrarías una forma de que yo lo supiera, dijo.

Pero no había tal forma. Por más confirmaciones que él le hiciera, por más atributos que ponderara en ella sin los cuales jurara él no poder vivir siempre habría alguno no mencionado; un resquicio donde pudiera insinuarse que el amor podría venir de alguien más. Era el tipo de definición que en filosofía se llama "semejanzas de familia", donde toda demostración de la prueba resulta necesaria y ninguna suficiente. No puede probarse que el amor que sentimos por alguien sea falso o verdadero. El amor depende de la credibilidad del otro. Es un acto de fe. Él trató de disuadirla con argumentos lógicos, sentado frente a ella. Pero ella respondió al final:

Lo que pasa es que no me quieres.

Él se puso de pie, tomó su ropa, con el ceño fruncido miró en derredor suyo como si buscara algo o como si dudara hacer lo que iba a hacer, se vistió, evitó responder a dónde iba cuando ella se lo preguntó antes de salir del cuarto. Y luego de caminar por Park Avenue hasta llegar al Guggenheim a esas horas, y sentarse muerto de frío a un lado de la fuente; ahora que la relación con Marcela era algo tan irreal, tan distante, por un momento añoró que hubiera podido ser, que fuera otra, para estar con él, ahí, ahora, que hubiera sido capaz de ser como no era y capaz de celarlo, aunque fuera un poco.

Lo enigmático para Marcela, al estudiar a las Mujeres Ilustres, era darse cuenta del papel protagónico que los celos tenían en la construcción del genio. Esa extraña cualidad que distingue a ciertos seres de quienes simplemente viven y perciben el mundo a través de los demás atravesó la vida de Lev Tolstoi, el monstruo totalizador del siglo XIX. Estaba presente en su obra, en su relación con el medio, en la férrea voluntad de volverse alguien que no era. ¿Quién podría negarlo? ¿Quién podría dejar de ver en él al genio creador al leer *Guerra y paz* o *Ana Karenina*? La respuesta es: casi todos. O una inmensa mayoría. Los tiempos actuales prefieren ver en él al gurú, al octogenario intransigente y feroz que vestido de mujic y excomulgado funda su propia iglesia. Prefieren ver al santo. Al hombre que renuncia a sus bienes y recibe a cientos de fieles anuales en su tumba. En cambio, es difícil ver al conde luego de una cabalgata en la nieve o sentado bajo el gran pino de su finca de Yasnaia Poliana rodeado de los trescientos treinta siervos que no se ven, que no deben ser vistos, dando órdenes a Masha, decepcionado de Serguéi, aplaudiendo a Sasha, dirigiendo, en fin, las pompas del mundo a las que supuestamente renunciaba sin mirar a Sonia, su mujer y la madre de los nueve hijos de trece que aún (en esta escena) están vivos. Más difícil es no ver a Sonia sola, no sólo por su propio peso en la vida del genio tras cuarenta y ocho años de matrimonio, sino porque el mito ha hecho de ella la causa del infierno que fue la vida doméstica del conde y el detonador de su huida final a Astrapovo, huida que le provocó una neumonía y la muerte.

En nuestro imaginario, Sonia aparece así:

Enfurruñada, reprochando a su esposo que pase tantas horas escribiendo;

De pie, con las manos en jarras, echándole en cara que tenga ella que ocuparse de las cuentas;

Celosa, arrojándose al estanque helado, de donde es casi imposible sacarla por el peso del agua en las botas;

Furibunda, blandiendo papeles, al enterarse de que su marido ha renunciado a los derechos de sus libros.

Rara vez la imaginamos copiando las distintas versiones de la abundante obra de su esposo; pasando en limpio páginas llenas de correcciones; reescribiendo varias veces novelas enteras; opinando, aconsejando a aquél que le agradecía ser su mejor lectora; al frente del futuro, de las tierras y los hijos. O llorando por causas que no sean exageradas o absurdas, como la muerte de tres de sus hijos, en particular de Alexei, quien murió a los cuatro años y medio, de amigdalitis, después de un angustioso día y medio de respirar cada vez con mayor dificultad. "Pero qué débil es la pobre" escribió Tolstoi, "cómo no se alegra, cómo no ve en la muerte de su hijo la voluntad del Señor".

No imaginamos tampoco a Lev Tolstoi en su depresión brutal, a los cuarenta y nueve años, hundido en la espiral del sinsentido y de las tentaciones suicidas. No lo imaginamos, en parte, porque la genialidad da un matiz distinto a estas reacciones. Pero, sobre todo, porque la figura enorme de su mujer tratando de arrojarse por las ventanas o dándose de golpes en el corazón con un martillo es más literaria y por tanto, más memorable. En la parcial historia de nuestras mentalidades esta imagen de Sonia es la idea lógica. Para nosotros, ella es la suicida. La esposa perturbada que chilla, que atormenta, que sale corriendo casi desnuda al bosque nevado, que amenaza con arrojarse al pozo o envenenarse con opio y amoníaco. La mujer que vemos lanzarse una y otra vez en nuestra mente en la primera zanja disponible.

El mito escribe una parte, Marcela lo sabe, pero la realidad (inaccesible una vez que pasa) es responsable de haber escrito casi siempre la opuesta. ¿Por qué necesitamos ver en Napoleón al hombre cuya estatura se mide de la cabeza al cielo? ¿Qué ganamos con verlo como un gran estratega? "Napoleón, como hombre, se enreda y está dispuesto a renunciar al 18 Brumario frente a la asamblea. Toda la expedición de Egipto es una engreída infamia francesa. La mentira de todos los *bulletins* es deliberada. En el puente de Arcole cayó en un charco en vez de portar el estandarte. Mal jinete. En la guerra italiana transporta los cuadros, las estatuas. Le gusta cabalgar en el campo de batalla. Los cadáveres y los heridos son una alegría. El matrimonio con Josefina: para el éxito mundano. Tres veces corrigió el comunicado de la batalla de Rivoli: siempre mintió. Él no es interesante, lo son las multitudes que lo rodean y sobre las que él actúa. Al principio, unilateralidad y *beau jeu*, luego a tientas: autosuficiencia y buena suerte y luego la locura. La locura total, la postración y la insignificancia en Santa Helena. Mentira y grandeza únicamente porque la dimensión era grande, pero el campo de acción se hizo pequeño y él se hizo insignificante."

Sobre estos apuntes, hechos por él mismo, Tolstoi escribió *Guerra y paz*. Su idea central, aun creyendo él mismo en la necesidad humana de heroísmo, fue desmitificar al héroe. Pensar el heroísmo como un producto del azar: he ahí su objetivo. La grandeza está en los hechos que se escapan a nuestra planeación. ¿Por qué llamarle azar al azar si podemos llamarle heroísmo? Como todo genio, Tolstoi vislumbró lo que nos preocuparía un siglo después. ¿Qué parte juega el azar en nuestras vidas? Y, más aún: ¿basta con nombrarlo de otro modo para que obre en favor nuestro?

Marcela tiende a pensar que no fue azaroso que Lev Nicolaievich Tolstoi escogiera a Sonia, esa mujer de dieciocho años (teniendo él treinta y cuatro) y de menor rango. No fue azar tampoco que pudiendo elegir a una mujer rica y racional ("estúpido, no tiene nada que ver contigo y sin embargo estás enamorado") o delicada y dulce ("en ella no hay nada de todo lo que siempre ha habido en otras mujeres, algo de convencionalmente poético y cautivador y, sin embargo, me atrae de una manera irresistible"), la eligiera a ella. Porque lo que sentía por Sonia era pasión: "Estoy enamorado como no pensé que se podía amar. Estoy loco, acabaré por pegarme un tiro si esto sigue así." Y en el mejor momento de esa pasión, es decir, en el más terrible e intenso, los primeros años de matrimonio, fue cuando escribió sus mejores obras.

Si el joven conde se hubiera casado con una mujer de su posición por la que no sintiera más que respetuosa distancia, habría podido dedicar su vida a leer y trabajar en la calma doméstica que quería. Pero eligió la pasión, el mismo mal que llevó a Ana Karenina a su ruina. Ya antes había sucumbido, como decía él, a los arrebatos a que lo llevaba su lubricidad. Había padecido enfermedades venéreas y mantenido una relación con una de sus siervas, casada, con quien tuvo un hijo. Y eligió la pasión. "Sólo debes creer a la razón cuando estés convencido de que ninguna pasión habla en ti." A pesar de sí mismo.

¿Habrá que creer que la pasión opera en nuestro favor a pesar nuestro? Marcela vuelve a recordar que en los momentos más intensos de esa pasión, Tolstoi escribió su mejor obra, y cuando la pasión decayó, dejó de escribir y se hizo aspirante a santo.

Sonia fue su pasión negativa.

Ya lo hemos dicho: se puede ser ilustre de múltiples modos y la mujer de Tolstoi lo fue por razones equívocas. Y aun siendo la peor pareja de ese hombre, sacó de él lo mejor de él mismo. Algunos dirán: Lev Tolstoi produjo a pesar de Sonia, lo habría hecho con o sin ella. Pero esto es una especulación. El hecho irrefutable es que lo hizo con ella.

Así que Marcela aprende: los celos son un acicate, un catalizador.

Si lo que quería Tolstoi el genio, en su obra, era mostrar "los detalles del sentimiento" más que los acontecimientos mismos (razón por la que le parece que Pushkin ha envejecido), ¿qué mejor escuela que la que le proporcionaba su atribulada relación con Sonia? En cuanto a la santidad, ¿no es el sufrimiento el camino para alcanzarla? ¿No lo dice él mismo, en varias ocasiones, en su diario? Como genio artístico, la pasión extrema le hizo concebir al menos dos obras maestras. Pero como santo, ¿no falló en el último momento, cuando desesperado y moribundo se negó hasta que llegó la muerte a recibir a su mujer en Astrapovo? ¿Recibirla no habría sido la prueba máxima, a minutos de morir, de que había conseguido la santidad?

Por algo los celos no son pecado capital.

En cuanto Julián volvió de Nueva York, se hundió en el diluvio de mimos y atenciones a que Marcela lo sometió desde que fue por él al aeropuerto. Parecía más cariñosa que antes y, pronto se vio, mucho más imaginativa. En cuanto llegaron al departamento y ella entró, empezó a sacar una serie de objetos que había traído en una gran bolsa para el caso, y en unos minutos, mientras él desempacaba en un cuarto, hizo un despliegue escenográfico. Llenó la casa con flores. Entre las sábanas hizo una figura con pétalos que cubrió cuidadosamente con la colcha, a fin de que él la encontrara por sorpresa al descubrir la cama. Fue a abrir la llave de la tina del baño y vació varios paquetes de zarzamoras que enseguida tiñeron el agua. Sacó una botella de champaña que había refrigerado previamente y dos copas en forma de flauta, que llenó y con las que esperó a que él saliera al pasillo donde ella lo esperaba desnuda, montada sobre unos tacones y con un liguero negro. Julián sonrió. Si ella se portaba así era porque, sin duda, había empezado a sospechar que él estaba haciendo en sus viajes algo más que investigaciones filosóficas. De un tiempo a acá, Marcela hacía pocas preguntas, o ninguna, en realidad, en torno al famoso tema de "sus mujeres". Y si de casualidad surgía en la conversación el nombre de alguien de género femenino era invariablemente una Mujer Ilustre y con la única y muy filosófica finalidad de pedirle su opinión sobre la interpretación que estaba haciendo de ella en su estudio. Él la observaba caminar por el departamento en tacones, desnuda; la veía prepararle un baño de burbujas en la tina, levantando un poco el trasero, y darle un masaje de pies o de hombros, sorprendido del cambio. Metido en aquella tina, se recostaba en sus pechos pequeños, perfectos, y luego en el sofá, dejándose acariciar el pelo, encogido sobre su regazo por horas. La oía hablar desde lejos, opinando sobre esto y aquello y llenándole la cabeza de historias. Además de traerle discos y libros y llenarle de exquisiteces el refrigerador donde antes había sólo alguna fruta momificada, Marcela era maliciosa y tenía un ingenio vivo y sutil, que seguía obrando en él por días, como la radiactividad. Tenía un trasero exquisito, como un fuego, y aunque carecía por completo de la elegancia esbelta y los grandes pechos de Silvina, a cambio no estaba invadida de esa sobreprotección maternal que había terminado por minar los momentos de felicidad durante ese invierno pasado con ella.

¿O no?

¿No había sido un desastre este segundo viaje a Nueva York? ¿Y el anterior? ¿No habían sido un desastre, en cierta forma, todos?

Durante los primeros días le pareció que sí. Pero luego de una semana de ver a Marcela aparecer detrás de la puerta a la misma hora empezó a no saber si su creatividad le había dado la paz que imaginó tendría apenas la viera, ni si el malestar de los últimos días con Silvina era verdaderamente tan grande como para dar aquella relación por terminada. Así que al quinto día de su llegada, después de despedir a Marcela, se dejó caer en el sofá de su casa y allí, con los nervios exhaustos, se convenció de no haber encontrado una razón para tener que elegir entre una u otra. Silvina siempre sería un refugio, una tabla de salvación. Se daba cuenta de que la culpa por haber estado con ella le había hecho exagerar tremendamente la alegría del encuentro con Marcela y el grado de su pasión. Y había capitalizado esa culpa convirtiéndola en misterio, porque vio que su efecto dejaba en Marcela algo reconfortante y placentero, mientras que la apatía y el tedio de los primeros tiempos (Nietzsche incluido) le había traído sólo desolación. No era un mujeriego ni había pensado que lo fuera nunca, menos ahora. Y cuando sus amigos (su amigo Pável, ese exitoso ex compañero de carrera ahora dedicado al negocio de los bienes raíces y su mujer, Helga) le preguntaban divertidos cuántas mujeres había tenido, la cuestión misma le parecía pedestre y mal planteada. ¿Cien? ¿Ciento cincuenta? Era una estupidez pensar en términos de cantidad. El carácter único del yo no puede expresarse a través de una suma, ni menos encarnar en lo general: Las Mujeres. Qué tontería pensar que era posible apoderarse de algo como la variedad, el conjunto de manifestaciones de eso que llamamos "lo femenino". Como si se tratara de una tierra incógnita hecha de un mismo lodo. Como si todas fueran una. Al preguntarle por sus "amigas", Pável y Helga querían saber en realidad de una sola, que agrupaban bajo diferentes nombres pero que suponían hecha del mismo elemento, como el río de Heráclito. Estaban obsesionados por esa porción de río que es distinta y no, puesto que al final se manifestaba en un conjunto de categorías del todo previsibles: el grado de belleza, de juventud, de liviandad, etcétera. ¿Con cuál era más feliz? ¿Con cuál se quedaría? Todo mundo parecía excitarse con la idea de la colección. Como antes Marcela con "sus mujeres", ahora la única pareja de amigos casados que tenía estaba intrigada con las características de cada una. En cuanto a él, no había algo que lo fastidiara más que la idea de salir con mujeres para emprender la búsqueda de esa "diferencia" de la que cualquiera se hartaba fácilmente. Ser un coleccionista era algo cursi, básicamente, ya fuera de mujeres o de bibelots. Pero era difícil que Pável o Helga comprendieran lo absurdo de reducir a un hábito algo que era más bien casual, el que las mujeres acabaran por dejarlo siempre, y siempre llegaran otras. O que renunciaran a la idea de que él se acercaba a ellas "por curiosidad", como si el secreto de las mujeres pudiera encontrarse entre sus piernas.

La razón era más bien otra. En medio de la barbarie general de la vida (corta e insensata) los seres humanos tenían pocos espacios donde guardar un poco de calor. Uno de ellos era el mundo de la subjetividad, donde la imaginación y los sentidos, al proyectarse en otro, se exacerban y hacen estallar por un instante la vida. ¿El resto? El resto era complejo y bastante aburrido. Ritos estúpidos, nada, en el fondo que se pudiera creer. ¿A qué se había reducido el sentido de la vida, la angustia ante la muerte, el saber? ¿Qué otra cosa era la academia que el lugar donde unos pocos tratan de convencer a los más de que eso que han ido a aprender ya no les servirá para nada y no obstante que ese conocimiento es un tesoro? ¿O era que habíamos perdido el toque? ¿El *know how* de vivir? Nadie sabía cómo vivir la vida.

¿Nadie?

Exageraba, desde luego. Estaba exagerando. Cualquiera en su estado lo habría hecho, imaginemos, estar con una mujer que cuando le pide salir del anonimato y formar parte de su vida pública, algo que él ha evitado hacer para no echar a andar la maquinaria de las dudas, le arma una escena de celos, y ahora que regresa de ver a otra mujer y que de verdad la engaña es cuando se siente más amada. Y la otra, que lo único que quiere es (por decirlo así) la carne por la carne, y cuando se da cuenta de que tal cosa no existe, siente (no le consta, pero lo siente) que entonces, de no haber carne, es el alma lo que está perdiendo. Y en medio, él. Aquí estoy. El peso excesivo de tener que entender aun sin quererlo, después de haber vivido en un estado de angustia permanente, tratando de leer, deambulando, queriendo encontrar en las mentes vacías de sus alumnos que no piensan, luego pueden existir en un mundo como éste, que no hay nada que entender sobre el pasado. Ya no sirve. El pasado no es experiencia, ni punto de partida para hacer juicios de valor. Ha dejado de ser relevante, como no sea de modo anecdótico. ¿De qué otro modo, si no, pueden plantearse las antiguas cuestiones? ¿Qué es la pasión sexual, esa gran metáfora para apoderarse del tiempo, en una sociedad donde los seres carecen de él o lo consumen sin darse cuenta? ¿Qué es el deseo, en un mundo que procura su inmediata satisfacción y por lo tanto vive añorando la falta de deseos? ¿No es la depresión la enfermedad endémica del presente siglo en las clases medias? ¿Para qué queremos entonces extender las clases medias? Sal a la calle, mira a ese hombre en una motocicleta con una niña detrás, una niña que oculta el rostro y te produce un vuelco en el estómago como si algo no estuviera bien, como si algo espantoso fuera a ocurrir entre ambos; ve los graffitis en todos los muros de la ciudad, en las casas, los edificios públicos, las esculturas y las pirámides, incluso; levanta la vista y tropieza con los cables entre tu mirada y el cielo; camina dándote vuelta continuamente hacia un lado y otro. Es decir, teme. Teme por tu vida cada vez que sales a la calle. He ahí lo que tienes, esto es lo que hay.

El mundo es lo que acaece.

Y acaece de modos extraños, eso sí. Es lo único que nos queda, la sorpresa, la falta de control, la amante que empieza a llamarlo a todas horas, quiere verlo, ¿se le ha olvidado que tiene que terminar su estudio sobre las Mujeres Ilustres o qué?, pregunta él, no, no se le ha olvidado, dice Marcela, pero quiere que se le olvide, lo extraña, está hechizada por el amor y por el terrible prestigio erótico que da el misterio, pues él aún no le ha dicho por qué la rehúye tanto desde que llegó de Nueva York. No la rehúye, dice él, está cansado. ¿Cómo cansado? ¿Cansado de ella? No. Cansado. Pero de qué, insiste Marcela. De todo. Quiere estar solo. Ella no le cree, está empeñada en que él es huidizo, inalcanzable, y él, que en efecto se ha vuelto huidizo, por primera vez se fastidia y se enfada. ¿Tú también?, le echa en cara un día. Y ella se extraña y pregunta: ¿cómo que yo también? ¿Yo también, qué?

Así que se le ha acabado la justificación. No sabe para qué hace lo que hace con una y otra, ya no. Y es que no es sólo Marcela. Es que a Silvina le ha dado por utilizar el teléfono a todas horas, como si él no tuviera nada más que hacer que escucharla decir cuánto lo extraña, que oírla pedir que se comunique con ella, que por favor la busque. Y el que busca algo es él. Busca pretextos. Pretextos para darle largas. Pero Silvina es insistente: hay algo que tiene que decirle, dice. Y qué es. No puede decirlo por teléfono. ¿Es bueno o malo? Cómo va a ser malo, dice ella, y la voz se le quiebra por la emoción. Es... es simplemente maravilloso. Es algo que ha estado esperando desde hace mucho, o no, más bien: algo que ya había dejado de esperar. Ya se había hecho a la idea de que entre otros factores tenía en contra el reloj biológico. ¿Que tenía qué? No me asustes, dice él. Y ¿por qué habría de asustarlo? ¿Por qué reacciona así? ¿Qué tiene?

A partir de entonces, se dedica a deambular sin ningún propósito. Va al supermercado, da vueltas con el carrito sin meter más que un producto o dos, una bolsa de pan, un litro de leche, regresa, se tira en el sillón, mira al techo, sale de pronto, se dirige a la facultad, da sus clases como un autómata. Al salir de la universidad no llega a su casa pues teme que el teléfono suene en cualquier momento, así que empieza a frecuentar a su amigo Pável, y éste, sospechando que algo le ocurre, le propone ir a su casa cuando quiera, es más, le pide que les dé a él y a Helga clases particulares de filosofía. Para mantenerse al día, dice. A Helga y a mí nos vendría bien desempolvarnos un poco. Así que ahora él llega puntual, pasa al jardín trasero en el que hay un cedro enorme y un muro cubierto de hiedra sembrado con alcatraces y rosas, saluda a Helga, se sorprende de la extraordinaria forma en que se mantiene la mujer de su amigo gracias a su condición deportiva, atlética, por decirlo de forma más exacta, durante años se ha dedicado a velear, le explica ella, principalmente. Aunque también corre; sale a correr todos los días con sus dos dóberman flanqueándola a los Dinamos.

    A causa del ejercicio, Helga siempre está tranquila. Y Pável siempre nervioso, por lo mismo, esto es lo que le explica. Que se ha vuelto alcohólico por culpa de su mujer. Verla dando vueltas lo tiene en ese estado. Mírala. Helga viene cruzando el jardín con una charola en la que ha puesto un mantelito blanco deshilado, y sobre él, pan negro, arenques y mantequilla. Pável vacía su copa de vodka otra vez y vuelve a llenarla, espero que las clases de filosofía le sirvan. Helga se sienta, le pasa un tarro de cerveza a Julián, sonríe y vuelve a ponerse de pie. Se le olvidó el cuchillo, dice, ahora vuelve. ¿Viste?, le comenta Pável. No sabe estar en paz. Sus perros, que la siguen a todas partes, van tras ella.

    Tu problema es que no estás a gusto contigo, le dice Helga, por eso no hay una sola mujer que te contente. Por eso sales con muchas. ¡Pero si lo único que él quiere es una mujer con la que pueda conversar!, dice Julián riendo, y empieza a sospechar que este tipo de comentarios serán la norma. Así es como se abrirá la discusión. He ahí la clase de filosofía. Y qué hace con las mujeres con las que sale, pregunta Helga, qué, ¿no conversa? Pável suelta una carcajada, te aseguro que conversar, lo que se dice precisamente conversar, no. Claro que conversa, se defiende Julián, no es eso. Entonces qué es. Por qué trae esa cara de no haber dormido en días. Pero él mueve la cabeza, sonríe con amargura, su vida se ha vuelto muy compleja, las cosas son demasiado complicadas de explicar. No puede decir nada, dice. Pero nada es una palabra demasiado ambigua, demasiado fuerte para un filósofo, le refuta Helga. Algo les dirá. Pável le sonríe, alza los hombros y vuelve las palmas de las manos hacia arriba, y Julián mueve la cabeza a un lado y otro y da otro trago a su cerveza. Lo último que querría es hacer confidencias.

Un día, cuando como de costumbre van a dar las cinco y tras varios vodkas, Pável decide que es hora de comer, dice: es hora de comer, Helga, ¿dónde está tu hija? Y entonces aparece Sabine, la hija de ambos que hace unos días llegó de Berlín, donde fue a estudiar una especialización. Se formó como anestesióloga, explica Helga y los presenta. Sabine es una espiga pálida y larga de veinticuatro años, pelo rojo y una mirada de controlada indiferencia que saluda de prisa, aunque bien podría no haber sido un saludo ese gesto, sino otra cosa, le pide a su madre las llaves del coche y dice que vuelve por la noche. Julián la mira irse con cara de soñador, como si fuera a Heidi brincando por las montañas y no esa daga de acero lo que hubiera visto. Y es que le hace gracia que Sabine traiga unos aros colgando de una aleta de la nariz y de las cejas, sí, trae la ferretería en la cara, dice su padre, que no puede renunciar a su pasado soviético, según Helga. Aún cree en la estética militar, y eso que emigró hace ya más de veinte años, dice. No entiende que el mundo ya cambió, que las perforaciones y los tatuajes no sólo son de criminales o prófugos. Es increíble, dice Julián, que sigue en éxtasis, la había dejado de ver hacía tanto. A su hija. Estoy sorprendido. Vuelve a decir lo mismo cuando Helga está sirviéndole más chucrut, es que no la reconozco. Pável dice: yo tampoco. ¡Y menos yo! dice Helga, con su voz cantarina, ¡y eso que vivo con ella! Helga ríe con alegría atlética, franca y controlada, ya querríamos conversar con nuestra hija dos minutos, como tú con alguna de tus mujeres, nada más para saber quién es, dice.

Pero a Julián no le hace gracia el comentario, está de verdad abrumado, teme llegar a su casa y encontrar unas flores en la entrada, un recado debajo de la puerta, al portero diciéndole que pasaron a dejarle algo y recibir un paquete, la grabadora saturada de mensajes de Silvina. ¿De Silvina?, pregunta Helga luego de algunas semanas de tomar la clase de filosofía. ¿No es ésa la que lo invitó a Nueva York a dar la conferencia aquella? ¿No es con la que pasó aquella Navidad de miedo? Es ella, pero cómo puede explicarles que han cambiado las cosas, que se ha vuelto muy difícil la relación con Silvina. No quiere tener que explicar nada, sabe qué van a decirle, ¡cómo que esperando otro hijo!, pero tú estás loco, le dirán, convéncela pronto, antes de que sea demasiado tarde. Pero convencerla de qué, dirá él, si es una decisión tomada y como ella le dijo: una decisión de ella sola. Su cuerpo es su cuerpo, frase tautológica que sin embargo hasta hoy tiene un trágico sentido que antes no tuvo. Al menos, para él. Le hablarán de Marcela, le dirán que es con ella con quien tiene algún tipo de futuro, si lo hubiera con alguna. En cuanto a lo de conversar, dice Helga, a eso me refiero. De lo demás no sé nada. Pero me da la sensación de que es con la que podías conversar, si eso es lo que querías.

Él suspira, no puede decirles que esa Marcela ya no existe. ¿No existe? No. El ser no es una entidad inmutable, capaz de ser definido de una vez y para siempre, contra lo que ha dicho Aristóteles, contra lo que ha dicho Kant, contra lo que les he dicho yo mismo. La Marcela que imaginan ha dejado de ser; fue pero ya no es. Así de sencillo. Aquella mujer independiente, inteligente, fuera de cualquier moda, interesada sólo en ideales superiores, defensora de cualquier causa y sobre todo las que llevan falda o van acompañadas de un adjetivo en femenino, esa mujer... está hecha otra. Ahora lo asedia, ¿Lo asedia? Todo el tiempo. Lo busca, lo llena de regalos, su único objetivo es saber si está o no está. Entonces no es Marcela, concluye Helga, riendo divertida, lo que pasa es que se te han confundido las mujeres. Nos estás hablando de otra, dice Pável, que al parecer sólo comulga con su mujer en este tema, lo que caracteriza al individuo es que puede ser identificado a través de la observación de unas cuantas variantes inmutables, eso es lo que hemos aprendido contigo. Pues lo que ocurre con Marcela es un misterio hasta para él. Marcela ha dejado de ser Marcela a partir del segundo viaje de él con Silvina. ¿Se habrá dado cuenta de algo?, pregunta Helga. Quiero decir, ¿sospechará de la otra? No creo, dice Julián, no tendría por qué. Y en todo caso, si así fuera, su reacción no sería ésa. Al contrario. Reclamaría, se enfriaría. Qué poco nos conoces, dice Helga, y empieza a acomodar los platos sucios para llevarlos a la cocina. ¿No te digo?, le dice Pável, una vez que se ha ido. ¡Qué inquietud de las mujeres, Dios mío!

 Luego de intercambiar uno que otro comentario sobre los negocios de Pável, consistentes en fraccionar y subfraccionar terrenos para venta de casas en condominio y de hablar de cifras astronómicas para él, que sólo pide ser capaz de conservar su puesto de profesor en la universidad, ahora que la cabeza no lo deja pensar en el ser en sí, ni en el para sí, ahora que más bien ha emigrado a un lugar remoto y se ha empeñado en el contra sí, Julián se despide de Pável, de Helga y promete encontrarse el próximo viernes en la próxima clase de filosofía a domicilio.

 En semejante estado de ánimo abre los dos cerrojos de la entrada de su casa, el lateral, de dos vueltas, y el que va abajo en el piso, de llave especial, contra robos, se echa en el sofá, tan mal se siente, y cierra o trata de cerrar los ojos un minuto. Pero hay un zumbido, algo que se adentra y clava su aguijón apenas empieza a quedarse dormido. Todavía aturdido se pone de pie, va a la cocina y pregunta quién es al oír el timbre y entonces recibe la respuesta entusiasta de Marcela, ¡Soy yo otra vez! ¿Tú otra vez? ¡Sí, soy yo!, que contra su costumbre se presenta de improviso. Él abre la puerta y la ve ahí, delante de él. ¡Dios mío! Esta vez la independencia y la racionalidad, pero sobre todo la dignidad típica de los estudios de género se le habían olvidado. Era una oferta a gritos. Venía vestida con un pantalón de licra y un bustier que amenazaban con provocar una explosión atómica. Cuando Julián vio esa colección de hormonas recordó el año y pico que había pasado tratando de convencerlo de que sus ideas sobre el cuerpo eran equivocadas. Del daño que se hacía al meterse en la cabeza tantos prejuicios. Ahora sentía una desesperación de agónico. Como único recurso dijo: no estoy. No te hagas el chistoso, respondió ella y le plantó un beso. ¿Qué opinamos? Antes que Marcela terminara de dar una vuelta completa sobre sí, la dejó entrar sólo para aclararle que lo había encontrado a punto de salir y tenía prisa, así que casi la empujó al pasillo de nuevo y ambos salieron, tomaron juntos el elevador y él se alejó en seguida, haciendo un gesto con la mano, sin tocarla siquiera.

La idea en realidad partió de Helga. Se dice que en toda mujer hay potencialmente una madre y tal vez fue a ella a quien se le ocurrió. Porque era una idea que iba contra sus principios, hasta cierto punto, en contra, cuando menos, de su personalidad más convencional. Desde luego, no pertenecía a la que corría ocho kilómetros diarios custodiada por sus dos perros dóberman o veleaba sin cansarse a sus cincuenta años. Ni a la mujer ultra independiente, a la ultra energética y ultra sana que había hecho de Pável, según él, un alcohólico empedernido. Más probable era que viniera de la madre inepta pero bien intencionada que había hecho de su hija Sabine la niña malvada, la nueva modelo a lo Balthus que haría siempre lo que quisiera con su vida. Fue esa Helga quien le dijo que por qué no se iba a Valle de Bravo con ellos dos, a pasar la semana santa a su casa. Una vez allí, logró convencerlo de que la acompañara a velear. Los dos solos. Lo que le dijo fue: que le iba a enseñar la técnica, en realidad muy simple, de desfondar, de enderezar la vela y navegar sintiendo el viento y leyendo en el oleaje antes de volver a la orilla. ¿Podría? Que si podría. Después de lo que estaba viviendo, cualquier cosa sonaba sencillísima.

  En la caseta que estaba a orillas del lago se puso el traje de neopreno, el chaleco salvavidas, los zapatos antiderrapantes que la mujer de su amigo le fue pasando, todo conforme a instrucciones precisas. Salió muy seguro y sonriente en aquel traje que le disimulaba el vientre y fue andando detrás de Helga a la embarcación, puso ambas manos a la obra y la ayudó a empujar. Pero en cuanto estuvo sobre el velero, no se movió. Se convirtió en piedra. Helga, que había soltado el nudo y jalando el cabo de popa deslizó el velero sobre el espejo roto mil veces del agua le explicó cómo proceder. Lo animó a tomar la cuerda tensándola al máximo hasta dejarla estibada en la roda como una serpiente que aguarda una señal para despertar de su breve sueño mientras de un salto se ocupa de cambiar con la otra cuerda la dirección de la vela. Apenas ubicado a la derecha había que lanzarse a la izquierda y una vez ahí estirarse a la popa o volver al punto de inicio a fin de hacer avanzar la nave. Julián, que ante cualquier mujer sabía hacerse indispensable por los resortes que conocía y manejaba, y porque parecía informado de cualquier cosa que ocurriera en cualquier lugar del mundo, se sentía inerme ante esa mujer de cincuenta años (un fiambre, para él que tenía cuarenta y nueve) que le daba órdenes. Estaba incómodo. Irritado. El agua helada lo salpicaba y el bamboleo continuo del velero lo llenaba de fastidio. Helga, que no parecía darse cuenta de lo que le ocurría (o no le interesaba) le explicó cómo mantener el rumbo y luego de varios intentos y cambios de posición, donde ella tomaba y alternativamente le cedía el mando, lo hizo surcar el agua cada vez más embravecida por el viento, muerto de miedo, los ojos fijos en un punto en el horizonte. Le otorgó definitivamente el mando y a él, que encima estaba obligado a seguir la conversación, no le quedó más remedio que aceptarlo. Iba muy bien, sintiendo la brisa y oyendo a esa mujer de voz rasposa, pensando en todo lo que éstas perdían de feminidad con los años. Pero al virar en el trasluche, se dio en la cabeza con el mástil y volteó el velero. Manoteando en el agua, Helga, mediante grandes esfuerzos, pudo devolverlo a su posición original, subir a la embarcación ayudándose con los brazos, ponerse de cuclillas y darle la mano a su compañero de veleo en cuanto lo vio salir del fondo. Tras jalarlo con una mano mientras con la otra se detenía del mástil pudo ayudar a Julián a trepar a cubierta, mojado y temblando de frío ¿o de nervios? y reorientar el rumbo. Ya iban de frente una vez superado aquel escollo mecidos por la modorra cuando ella dijo: hazlo de nuevo. ¡¿Qué?! Que no hay nada mejor que repetir una mala experiencia para exorcizar el miedo de las futuras ocasiones, susurró Helga. ¿Pero cuáles ocasiones, pensó Julián, si no habrá nunca más otra? Y no obstante no tuvo más remedio que someterse.

Cuando por la noche, con los ojos rojos y un principio de calentura él dijo tener un dolor insufrible en los oídos, Helga diagnosticó: hay algo que no quieres ver ni oír. O eso espero. Siempre es más fácil combatir las enfermedades si se descubre la causa de su origen sicosomático. Francamente, respondió él, ya no sé qué quiero ver ni oír. Nada parece ser lo que es, y a esta edad es muy tarde para empezar de nuevo.

Las siguientes noches las pasó sin dormir. Daba muchas vueltas, en un duermevela sembrado de catástrofes y pensamientos ruinosos, temiendo oír el teléfono, o la puerta del timbre, aunque no estuviera en su casa, en cuanto hubiera agarrado el sueño. Las gotas de Bach y las tisanas que Helga le preparaba con hojas que recogía del jardín no habían surtido ningún efecto.

Hacia el fin de semana se apareció Sabine, quien traía el pelo rojo engominado hacia arriba, como una antorcha, y el andar decidido de quien como va por todo sólo puede tenerlo todo. Verla sentarse a la mesa del desayuno sin haberse bañado, tras dos horas y media de carretera, según dijo con tanto desparpajo, fue una racha de viento fresco. A las preguntas de sus padres Sabine respondía de modo seco, brusco. Helga parecía avergonzarse y empezó a responder por ella: sí, había vivido en Berlín cerca de tres años. No, todavía no estaba ejerciendo, y no tenía aún el certificado de estudios porque le faltaban algunas horas de práctica. Había conocido un médico con quien estaba a punto de entrar en sociedad, un cirujano plástico que pensaba montar una clínica. Sabine se limitaba a sonreír con una mueca. Untaba mermelada de naranja en la rebanada de pan negro y parecía disfrutar, escuchando. Lo que sí podía decirle era que durante esos tres años su hija se había dado la gran vida: había vivido en el Kudam, un barrio bohemio donde hizo varios amigos de inmediato y en las noches iba a bares y antros en lo que había sido Berlín del Este, ahora la parte berlinesa con más sabor. Julián escuchaba sonriente, pero entonces le vino la punzada de nuevo y de nuevo se puso las manos en las sienes. Volvieron al tema de su tremendo dolor de cabeza y su creciente malestar. Las tisanas de Helga no le hacían ningún efecto: no había dormido tampoco esa noche.

Cuando Sabine se enteró de que llevaba prácticamente setenta y dos horas despierto se ofreció a ayudarlo. Le explicó, con el mismo tono seco con que hablaba a sus padres, que el cerebro humano no tolera más de dos noches seguidas sin dormir. Luego de ese tiempo empieza a mostrar síntomas del daño. Era preferible suministrarse un medicamento fuerte por vía intravenosa en casos de alteraciones de ese tipo que seguir forzando al cerebro a una vigilia que sería el camino directo a la locura. Julián, desde luego, aceptó. Había que dar las gracias a alguien porque la generación siguiente hubiera vuelto al camino del sentido común y de la ciencia. Así que se dejó poner la sustancia que Sabine inyectó en una bolsa de suero sin chistar, observándola oficiar como una sacerdotisa posmoderna de la vida y de la muerte. Despertó al día siguiente fresco y sonriente como un bebé. Hacía mucho que no se acordaba de haber dormido tan profundamente, tantas horas. Pasó el día sonriendo y escuchando a Pável hablar de los tiempos en que el gobierno soviético subvencionaba la educación de los hijos, que ahora estaba por los suelos en su país, oyendo a los pájaros cantar y observando a Sabine tomar el sol sin sostén en distintas posiciones. Al atardecer, cuando Helga regresó de velar en el lago, comió, bebió vino y refutó a Pável por horas y se sintió satisfecho del mundo en general y de sí mismo en particular por haberse explayado con tanta brillantez sobre los placeres simples. No había tenido pesadillas, esto es lo que le dijo a Sabine en un momento en que se encontró con ella a solas. Y no sentía ningún efecto secundario, ni la cabeza pesada, ni apatía o depresión. ¿Depresión? Bueno,

¿no es ése un síntoma posterior a estos medicamentos? Sabine soltó el aire de golpe por la nariz, eso según quién. ¿Entonces no era así?, preguntó Julián. ¿O es que había algo más?

¿Es algo que le pusiste al suero? le preguntó, perdiéndose en sus ojos azules, de agua. Ajá. Él sabía que no era así y aunque hubiera sido le habría dado igual. Se sentía cubierto por una oleada cálida, liberado y agradecido. Le parecía estar con alguien en quien podría confiar desde ese momento y durante lo que le quedara de vida. La edad era una convención y sólo envejecíamos cuando perdíamos el entusiasmo por la vida. ¿Y si esa noche le ponía otra inyección? La idea lo excitó un poquito. No se había sentido nunca tan bien, por eso lo decía. Ella miró por la ventana sin oírlo, como quien comprueba que el mundo, después de todo, es también lo previsible. Como quisiera. Eso le dijo. Que era el cuerpo de él, la decisión de él, no de ella. Pero no estaba mal, quería decir él, no había efectos nocivos para la salud ni estaba iniciándose en una adicción, ¿o sí? Ella lo oyó con el mismo gesto displicente de antes, como quien no puede creer lo que oye o no le interesa. Fue por la jeringa y la liga y puso el torniquete, apretando el antebrazo y Julián sintió que algo extraordinario empezaba a ocurrirle, que había recobrado algo que creía haber dejado hacía días, encerrado en su departamento o quizá oculto en un acto fortuito, al salir de su casa, al volcarse en el velero, la fe en sí mismo.

¿Por qué no me ayudas? Las palabras de Sabine fueron mezclándose poco a poco con el efecto del anestésico, dijo algo sobre unas prácticas para poder ejercer como anestesióloga profesional que él no pudo comprender, salvo por la vista líquida, salvo por el campo azur que se fue metiendo hasta gobernar su cerebro dulcemente, hasta oírse decir sabiendo que no hay necesidad de más: lo que sea, lo que sea...

Hay que aclarar que cuando se dice que "todo está dicho" es porque en realidad no hay nada inteligible o no se ha dicho nada o hay alguien que quiere hacerse el interesante. Porque si eso fue lo que experimentó Julián la noche anterior, que todo estaba dicho, que se trataba de un pacto secreto entre dos que están a punto de iniciar algo, ahora en cambio, cuando Sabine le especificó a qué se refería con aquello de las "prácticas de carrera", las piernas se le aflojaron y un calambre le inmovilizó el estómago. Ya había experimentado tal cosa, esto era de lo que trataba de convencerse, de algún modo ya se había puesto en sus manos. Y se había sentido maravillosamente bien después, eso era un hecho. Sólo que entonces no sabía que la anestesia es un asunto de prueba y error, que ningún resultado es idéntico siempre, que la respuesta del paciente depende, cada vez, de algo misterioso e inestable llamado reacción cardiaco respiratoria, signos vitales, estado general e imprevisto de esa máquina que toma decisiones por sí misma a la que llamamos cuerpo. Tampoco sabía que Sabine tenía que practicar con él porque no había asistido a los cursos suficientes para sacar la licencia estando en Berlín. Es decir, Julián trató de explicarle, antes no había sentido ningún temor porque no se había sentido un paciente. Y qué te sentiste entonces, le preguntó Sabine, con su voz rasposa de marinera andrógina, luego de explicarle que de él dependía que ella fuera aceptada en la clínica privada del cirujano plástico que requería de una asistente. Si no podía colaborar con ella en su futuro era mejor que no se volvieran a ver y se dio vuelta para ir de nuevo a la terraza donde acababa de despedirse de sus padres. Les había dicho que ella se regresaría a la ciudad con Julián, al día siguiente, ellos le dieron las llaves y se adelantaron. Y él estaba encantado de quedarse un día más con la chica. Antes de que supiera que sería el conejillo de Indias de sus dichosas prácticas.

Que aceptó, por supuesto, aunque ya se imaginaba entubado y con un daño cerebral irreversible, lo aceptó porque según dijo para él la relación con una mujer era un compromiso. Qué relación, preguntó ella, y clavó en sus ojillos su mirada traslúcida y sin emoción, de iceberg. Y comenzó a desabrocharse la blusa. Era una blusita de seda, muy ajustada, que cedió con facilidad al contacto con los broches y brincó hacia atrás, como asustada de lo que iba a pasar. Qué, ¿tienes miedo?, preguntó Sabine, y dejó ver un torso limpio y largo del que sobresalían, como de un frutero minimalista, dos ciruelas. Miedo exactamente no, no era eso lo que él sentía. Se había convertido más bien en un hombre que no siente nada, que tiene que entregarse y esperar a que todo pase. Un cuerpo tenso es más difícil de anestesiar, dijo ella. Pero, además, cada paso estaría supervisado por el médico. Él asintió. La vio bajarse los delgados pantalones de algodón y vio también emerger su ombligo precioso, el vientre plano, las mínimas caderas y un tatuaje en forma de escorpión que Sabine tenía entre la ingle y el pubis, depilado en una V muy angosta, y que una vez sentado, le puso frente a los ojos.

    Decir que el ser humano es del todo imprevisible incluso para sí mismo es hablar del lugar común, aunque algo añade, quizá, aclarar que es en las situaciones familiares donde más se desconoce, pues a diferencia de su reacción con Marcela o Silvina, esta vez Julián no tomó los senos de Sabine, ni la llevó al cuarto de baño para obligarla a acostarse en la tina vacía, ni la besó en la nuca, ardides a tal punto suyos que ni siquiera los habría considerado un ardid, sino que se dejó conducir por ella a una de las recámaras y una vez allí se desnudó y se metió bajo las sábanas, como un novato o como una esposa que se siente en desventaja. No es el físico lo que cuenta, se dijo, al verla tan segura, ¡Por supuesto que sí!, pareció responder ella y lo destapó de un golpe. ¿O no era ese cuerpo sobrado de vientre y con grasa en los lomos, con los pectorales tristes y la piel algo gris lo que se había negado a responderle y lo que ella había sanado? ¿Qué podía argüir con un médico, o un fisiólogo? Un médico o algo parecido, pensó, al verla acercarse con una especie de bolso en la mano. Qué vas a hacer, preguntó, y se abrazó instintivamente a la almohada. Cómo que qué voy a hacer. No creo que me estés preguntando eso. Él la vio quitarle la almohada, dejar el bolso a un lado y sentarse sobre él, ofreciendo los senos perfectos, es sólo un estilo distinto, se dijo, y trató de relajarse. Sin duda, Sabine había leído a Masters y Johnson y sabía que el sexo, la desnudez y las imperfecciones físicas no eran nada de qué avergonzarse. Sólo que con las cortinas descorridas todo quedaba expuesto y ver aquellos senos lo obligaba a pensar en sus tetillas flácidas. Desde luego, era una decisión unilateral e injusta. Ella tenía un cuerpo hermoso de veinticuatro años, él no, ella tenía la agilidad y el gusto por las posiciones extrañas, él no, y sobre todo: ella conocía los meandros y mecanismos de ese cuerpo por dentro. De acuerdo, pensó Julián, no debo transformar esto en lo que no es, o sea una tragedia, a las mujeres hermosas las amamos por inclinación natural, a las feas, por interés, y a las buenas por reflexión y no cabe duda de que estoy frente al primer caso, me basta con ver la sonrisa fresca, y con sentir la tersura de este abrazo y mientras se entregaba él también, abrazando, a tratar de asir esa fruta casi descarnada se decía aquí estoy y esto es una inclinación natural porque si no qué otra cosa. No llegó a ser un consuelo total, cabe decir, pero de algo sirvió pues cuando abrió los ojos y vio a Sabine sacando un objeto de su bolso se dijo confiado "es un preservativo" y puso los brazos bajo su cabeza, como si aquello de la juventud de Sabine y la luz y las prácticas de carrera hubieran dejado de preocuparle. Sólo que ella no estaba interesada en métodos de control natal, por lo visto, ni en artefactos de látex para combatir infecciones. Lo que sacó fue un frasquito café con tapón negro y le extendió una pastilla. ¿Tienes problemas de corazón?, le dijo. No, que yo sepa. Toma entonces. Junto a ti, a un lado de la cama, está la botella de agua.

Amar es sentir los sacrificios que la eternidad impone a la vida, esto fue lo que pensó Julián que, siendo ateo, no pudo encomendarse a nadie y se tragó la pastilla. Qué otra cosa es ser un hombre mayor, siguió en su reflexión, qué es estar a un paso de cumplir cincuenta años. Ese breve sueño, quizá, esa indiferencia para preguntar ¿qué me diste? y entregarse al ejercicio de conocer la propia libertad apenas ahora, aunque haya llegado tan tarde, vale más cambiar la propia vida si ya no se tiene edad de cambiar al mundo. Viagra. Era viagra, dijo ella tranquilamente. Eso es lo que le había dado. ¡Pero si yo no necesito eso!, brincó él, pues ya te lo di, respondió ella y el golpe de sangre lo hizo creer que la cabeza saldría huyendo y que el cuerpo eran esos mil alambres que lo acosarían para toda la eternidad, cual ratas de un cuadro de El Bosco. ¡Prepárate!, dijo Sabine, sonriendo y él se llevó otro susto de muerte, oye, qué haces, la interpeló, todo tiene un límite, hasta tus veinticuatro años. De qué hablas, le preguntó ella, y empezó a reírse, es increíble, nunca había conocido a alguien así, con tal obsesión, dijo, con esa paranoia, ¿eso es ser un filósofo? ¿O era sólo por su edad? La gente con la edad se llena de miedos, oye cosas que no son, cree que el mundo de los jóvenes tiene la finalidad de atacarlo aunque no sea así. Hago lo que suele hacerse en estos casos, respondió Sabine, pero no tengo por costumbre ir informando. Ahora que si quieres te digo lo que hago paso a paso, aunque tú lo estés viendo, pero has de reconocer que es chistoso, es como si vas al cine y ves al villano cometiendo un asesinato, y el de junto tiene que decirte "mira, ése es el villano, ¿ves?, mira, ése otro es la víctima, mira, ahora lo que sucede es que lo están asesinando".

No quiso aparecer como un tonto, que era como ella lo estaba haciendo aparecer, ni como poco arriesgado, así que la tomó de la cara y le dijo vamos a ver, niña lista, si puedes describir todo lo que te voy haciendo. Y fue subiéndola hasta tener su boca en la de él y la obligó a besarlo y a hablar; y a hablar y reír y besar, simultáneamente, aumentando el grado de complejidad, siendo cada acercamiento una forma de superación de aquella vergüenza inicial que no desaparecía y en cambio hacía el momento más excitante. Y todo iba bien, muy bien, la verdad, salvo que hacer el amor se había vuelto una misión tremenda, como si él en vez de ser él fuera Magallanes, de pronto, y se viera obligado a cruzar un estrecho de seiscientos kilómetros con una anchura media de treinta, sofocando revueltas de la tripulación, sorteando corrientes contrarias, debiendo tocar en las Islas de los Ladrones, en la Isla Cebú, en las Filipinas, todo para ser bien recibido por el rey indígena y poco después morir a manos suyas. No obstante, lo enfrentó. Y lo hizo de buena gana. Y ya estaba en su papel, yendo y viniendo por aquellos parajes cuando ella, fastidiada, le puso una rodilla en el pecho. Así que se vio forzado a recular o a achicar la nave, que así es como se llama cuando hay que sacar el agua porque se está hundiendo el barco. A mostrarse dócil, complaciente. Y a hacer algo peor, algo que estaba acostumbrado a hacer muy poco: escuchar. Seguir instrucciones. No es que no quisiera o no pudiera. Es que tenía poca práctica, eso era todo. Habría preferido otro estilo, otra modalidad. Pero hizo lo que tenía que hacer porque en el amor el dominio recae por derecho en quien ama menos y él, luego del segundo orgasmo, ya se había enamorado.

¿Qué llevas ahí?, le preguntó a Sabine antes de echarse a dormir al verla sacar un como vidriecito y unos polvos con los que se metió al baño. Pero ella, fría y displicente, se limitó a responder: oye, ¿qué yo te pregunto sobre tu vida privada?

Al día siguiente, al despertar, con la luz, le pareció estar junto a un cadáver. Pálida y delgada, Sabine yacía a su lado con el pelo revuelto, casi sin pulso. Él le hizo un comentario sobre su palidez.

Soy una criatura de sangre fría, respondió Sabine, con una mueca que consiguió helarle a él la sangre.

De todos los amores posibles, el más necesario es siempre el que se nos resiste. Hay una necesidad innata (patológica, dicen algunos) de ser aprobados por aquel a quien somos indiferentes. Aunque eso signifique nuestra ruina, generalmente, puede asegurarse que haremos lo que sea por ser vistos por ese que mira a otro lado. No es de extrañar, por tanto, que Julián haga lo que ha empezado a hacer por Sabine, es decir, lo que sea, con tal de obtener su aprobación. Tener su aprobación significa: que ella quiera hacer el amor con él. Que le asegure que no ha caducado. No teme a la muerte, teme a la vejez. Hoy tenemos fecha de caducidad, y Julián, a sus casi cincuenta años, siente que la suya se acerca peligrosamente a su límite.

¿Y por qué?

Porque no está alegre y los jóvenes (aun Sabine, con su gozo bífido) son alegres por definición. Porque no cree que las cosas puedan mejorar. Es pesimista. Conoce la diferencia entre pesimismo y optimismo, y a pesar de todo lo que la vida le ha dado últimamente, concuerda con Schopenhauer: el optimista cree que estamos en el mejor de los mundos posibles, el pesimista lo sabe. Y es que es muy difícil, a su edad, ser amigo de sí mismo. Aceptarse así, como es: la nuca raleando, la piel de la nariz rojiza (se llama cuperosis), olor en el cuerpo, no sabe bien a qué, pero olor, cansancio inocultable que lo hace bostezar a cada rato, antes de hacerle el amor (o después) a Sabine, quien se encarga, entre otras cosas de "levantarlo un poco" luego de cada sesión, debe dar tres clases y las prácticas de carrera lo han dejado mal, es comprensible. No duerme tranquilo, teme oír a Silvina, teme a su ex mujer, teme la presencia de su hijo, teme que Marcela se le aparezca en su nueva modalidad vampiresca. Teme todo esto y lo añora. Porque no renuncia a ser el que fue. A nada de lo que es, en realidad. Piensa en lo que Pável le ha dicho, que la vida te da muy pocas ocasiones de vivirla en toda su plenitud antes de que se te quiten las ganas de hacerlo. Y ha asociado a eso la fecha de caducidad. De modo que se deja exprimir por Sabine, pospone la respuesta a las llamadas de Silvina, le da largas a Marcela. Y es que está seguro de que podrá con todo: las prácticas famosas, el nuevo bebé, los artículos en las revistas especializadas, las lecciones particulares, la rutina de las otras clases en la universidad. Planea con Silvina una estancia más larga en Nueva York (tal vez durante su sabático), con Marcela una vida juntos y con Sabine lo que ella llama "ayudarla a tener un futuro" al margen de los padres, ahora que es un lujo asiático tenerlo. Su padre no cree en ella, dice Sabine, y ella no puede distraerse trabajando en otra cosa, así que él ha ofrecido prestarle sus ahorros para que pueda asociarse con el cirujano y montar la clínica. Él será su mentor, la acompañará hasta el final. Es su garantía de vivir en plenitud. Su modo de saber que no está descontinuado. Pero es también la culpa. Culpa con Marcela, cuando está con Silvina o con Sabine. Y viceversa.

Tiene un problema, eso sí. Un problema menor, si se lo compara con las verdaderas catástrofes, la muerte de algún familiar, una enfermedad crónica, junto a eso lo suyo no importa. Le falta energía. Eso es todo. Puro, mortal agotamiento. Vive hecho un guiñapo y va de mal en peor. A juzgar por cómo se siente tal vez las ganas de vivir la vida en plenitud se le han quitado ya, sólo que ¿cómo saberlo? ¿Cómo saber que lo suyo no es simplemente vivir, acomodando un hilo aquí y otro allá? ¿Acaso el sentido del equilibrista no está en ir aumentando cada aro, en medirse con cada nuevo reto?

Habría que decir que en la nueva modalidad de su condición Julián se veía capaz de llegar hasta el fin pero también de poner un hasta aquí cuando quisiera. De ir soltando poco a poco esa construcción sostenida por hilos que había levantado con tantos esfuerzos. De decirle amablemente a Marcela que le encantaría seguir siendo amigo suyo pero que ella debía volver a su investigación, a su seminario y a su revista, en vez de tener la cabeza dispersa. De hablar con tranquilidad con Silvina, haciéndole ver el gran compromiso que es traer al mundo un hijo que él no ha planeado, está dispuesto a ayudarla con una pensión (simbólica) de vez en cuando, pero no a ver al niño, ni siquiera ocasionalmente. De explicarle a Sabine que con lo hecho bastaba ya, que su deserción en las prácticas como conejillo de indias no significaría el fracaso en su carrera. Y que sus ahorros habían llegado al fin. Y era ya un alivio el sólo pensar en que soltaba los aros. Podía soltar uno, al menos.

Pero cuál. Silvina se presentaría a la menor muestra de alejamiento de su parte, reclamaría los derechos del hijo, quizá hasta se le presentaría a su ex mujer. Marcela lo acatarraría enviándole sus escritos, se pondría a esperarlo en la puerta de su salón de clase, y si Sabine se enteraba de que salía con alguna otra mujer lo dejaría colgado, literalmente. Atrapado en pleno síndrome de abstinencia. Necesitaba un proceso de desintoxicación lento. Así que no era tanto que estuviera enamorado. Pero así decimos cuando la pasión se ha vuelto inexplicable. O cuando no podemos renunciar a ella.

De las tres, la más necesaria es Sabine. Pero no es con la que él desea estar. Sabine lo exprime, lo aterroriza. Y está acabando con los ahorros que guardaba en caso de extrema necesidad. Desea estar con Marcela, sólo que no con la de ahora, sino con la de antes. Desea hablar. Los deseos son reincidentes, y con nuevas parejas volvemos a desear lo mismo que nos hizo terminar con la anterior. A veces añora el placer de explorar un cuerpo femenino, como hacía con Silvina. Y lo añora porque pese a la promesa que es un cuerpo de veinticuatro años lo que hace con Sabine es otra cosa.

Que él acepta de inmediato, por cierto. Se ha aficionado al Demerol, al Rohipnol, a levantarse con anfetaminas, porque debe estar despierto. Después de todo, eso es la vida, despertar. No es que él quiera eso, despertar no es un asunto que uno decida, después de todo. Si por él fuera pasaría la vida durmiendo. Por eso se comporta así, como lo hace, en la clínica. Entrega, más que extender, el brazo, mira a Sabine atorar la banda negra y le sonríe, abre y cierra la mano como quien da lo mejor de sí, está agradecido, la observa proceder y siente una oleada cálida. Podría morir y no le importa. No quiere más. De hecho, acaricia la idea de no despertar. La oye hablar de factores de riesgo y no le afecta, la oye decir: tienes riesgo uno, tu corazón entró en arritmia y a él le parece una declaración amorosa, claro que sí, su corazón cambió el ritmo desde que la conoce. No estoy hablando de eso, dice Sabine, precisa y dura como el instrumental que emplea, con riesgo dos tendrías bloqueo en rama. Se duerme y sueña con ese nombre poético, "bloqueo en rama", piensa en la rama cristalizada de Stendhal, metáfora para describir la pasión amorosa, y cree que es feliz así, y no desea más que pasar la barrera hematoencefálica. Y una vez atravesada, estando allá, tiene un atisbo de idea: para qué despertar, si está completo. Para qué volver a la vida, si la suya se ha vuelto tan complicada. Entregarle el cuerpo a Sabine, eso es lo que quiere. Darse por completo. ¿No es eso estar enamorado?

No. Eso es estar loco. Es no poder enfrentar las situaciones cotidianas que él mismo se ha impuesto, todas resultado de su voluntad, todas por su gusto. Llegar a su casa, que sería un muladar si no fuera por la mujer que le hace la limpieza cada sábado, pase lo que pase, sonreír a la idea de que es la más fiel de todas sus mujeres y si se pone a pensar, su única relación permanente. Ver el correo hasta el tope, oír las llamadas de Silvina aclarando que tendrá el hijo (o la hija) sin él, oír a su ex mujer, ¿dónde está?: van dos fines de semana que no da señales de estar vivo y ella tiene derecho a un poco de tiempo libre, abrir los paquetes que ha ido dejando Marcela, el avance de su estudio sobre las Mujeres Ilustres para que él lo lea y le dé su opinión, citas de trabajo en la universidad, reuniones aplazadas con alumnos, Pável extrañado de que no se haya presentado a darles la clase, más llamadas de Silvina, algo que la empleada dejó sobre un escritorio, un disco con dedicatoria y otro recado de Marcela.

Y es en ese estado que Julián se esfuerza por organizar los pensamientos, tratando de sacar algo en claro mientras se baña y se cambia de ropa, lo que más me confunde, piensa con esfuerzo, no es saber cómo llegué aquí sino cómo terminar con esto, si esto es lo que tengo, si esto soy yo, y yo soy yo y mi circunstancia. Pero ¿es esto verdad? ¿De veras somos eso? Habría que añadir que no eran los días en que mejor se veía. Ante los alumnos no era más que un predicador expulsado de alguna secta, un hombre desencantado del mundo y en particular de sí mismo. Alguien que no ofrecía un interés por lo que podía dar. ¿Y no es eso, en rigor, lo que hace un profesor, o debe hacer, darnos algo? Pero además, se veía cansado. Los días con Sabine lo dejaban exhausto, con una apariencia de muerto viviente. Era un horror verlo deambular por los pasillos de la facultad, arrastrando los pies, el pelo espantado en los laterales y aplastado arriba, con ropa antediluviana que no combina, con los hombros echados hacia adelante, como si estuviera en una huelga de brazos caídos. Las llamadas de Silvina (que no cesan, es como si hubiera obtenido una forma de llamar gratis desde Nueva York) hablándole del avance de su embarazo lo habían vuelto paranoico; y el terror de ver a Marcela convertida en lo que ella llamaba "su deseo", el deseo de él, bastante culpable.

Lejos habían quedado los días de gozo excepcional, las conversaciones con ella, la manera contemplativa de observar al mundo mientras se aman, un estilo amatorio, por llamarlo así, muy Ikebana, armónico y tranquilo. Y la pasión pigmaleónica con Silvina, el gusto de corromperla haciéndola disfrutar; el gusto por la trasgresión, por el viaje interior, con Sabine, eso: el gusto. ¿Y qué otra cosa puede darte un profesor si no es entusiasmo por saber? La curiosidad. El gusto. Todo lo que se le había ido escurriendo, como una fuga de agua extraída en forma clandestina de una casa donde departieran distraídos los huéspedes y ahora se encontraran con que el lugar donde viven se ha vuelto inhabitable.

De todas las transformaciones la que más pena le causa es la de Marcela. ¿Cómo es que una mujer pensante se volvió *eso?* Una explosión de carne y licra negra que afirma que él tenía razón, vivía reprimida y ahora Julián ha hecho brotar lo que ella es, pero él la mira aterrado, cómo *eso* va ser el reflejo de sus deseos. Los pequeños senos agrandados a fuerza de rellenos y andamiajes, el trasero expuesto. Ahora Marcela caminaba, hablaba, se vestía y hacía lo que se supone que hace la mujer apasionada. Pedía más y más. Y, por supuesto, esperaba a cambio lo mismo. Tengo ganas de ti, decía en una nota, firmada con labial y un beso. Era el estilo de rúbricas desde el día en que se quedó a limpiar su casa, tras la fiesta. Ahora iba a su casa y le dejaba notas, le pedía que se amaran sin hablar, él tenía razón, lo que ella decía era poco importante, no debían hablar, sólo debía haber carne. "Las manos no tienen lágrimas", Dylan Thomas, le puso como dedicatoria en un libro.

Ay, Dios. Qué había hecho.

Extrañaba a la de antes, a la feminista inexperta que sabía escuchar. Extrañaba el placer de ella, no el de él. Ser hablado por otro. Dejarse conferenciar, cómodamente.

Y aun si tuviera que hablar, como hacía antes con ella, cuando discutían, eso era preferible al esfuerzo inaudito de estar con Silvina o con Sabine, la palabra es un acto, de acuerdo, pero un acto que requiere menos energía que el acrobático acto de desvestir, ahondarse en un cuerpo, ejercer presiones, lengüeteos, susurrar las frases milenarias en nuevas e inventivas combinaciones. Acuclillarse, subir, bajar, ponerse en cuatro patas y empujar y retraer la pelvis a distintas y cada vez más vertiginosas velocidades, acelerar, frenar, pensar en algo soporífero, un curso de mecánica por correspondencia o una conversación con Carlos de Inglaterra, acelerar, pensar de nuevo en otra cosa, no permitir que se cruce ningún pensamiento vinculado a senos, tetas, grandes, duras, piernas, sostener, sostener, observar en el otro cualquier síntoma, cualquier señal mientras con la mano derecha se frotan los pezones sin permitir que baje el estímulo y seguir sosteniendo otro poco hasta ¡por fin! oír el gemido, o el grito si es el caso, que da la señal del término a la carrera y ver el rostro sonriente, satisfecho, y no saber jamás de los jamases si ese otro o por mejor decir, esa otra, fingió el orgasmo. Porque no sabe si esto es lo que hace Sabine. O Silvina. O hasta la propia Marcela. Cuando las mujeres gozan, ¿quién además de ellas lo sabe? ¿Qué designio planeó que sólo ellas supieran cuándo gozan?

Decidió que había tenido suficiente. No habría más. Se encerró a piedra y lodo luego de volver de sus clases con el ánimo revuelto. Cerró las cortinas. Desconectó el teléfono. "Fuera de servicio". Que se acumulara la basura, que el cartero se quedara con sus estados de cuenta, los puntos acumulados por los viajes a Nueva York, los anuncios de vinos y clubes deportivos, los requerimientos de Hacienda. Quería estar solo. Sin ninguna prueba real del mundo. Ni siquiera la suya. No pensar. No pienso, luego no existo. No soy. Se aterró. Quería (estaba queriendo) lo que antes de conocer a Marcela lo había llevado al borde de la desesperación, del sinsentido. Lo que lo había hecho buscar a su ex mujer, a Marcela, a Silvina, a Sabine. ¿Las había buscado? Deseaba por sobre todo el vacío. La inania. Con el remanente de "ayudas" que le había dejado Sabine.

No olvidemos, en ningún momento olvidemos, los fármacos de por medio. Sin ellos no habría sido capaz siquiera de ir a la facultad, así sea a rastras, e intentar lo que todavía llama "dar clase". Llega con gabardina y gorro ¿un gorro? sí, un gorro y bufanda, porque supone que así es menos llamativo, que nadie va a verlo, si se cubre todo no hay forma de reconocerlo, así que se envuelve como mahometana, si hubiera un shaddor se lo pondría con gusto, pero no lo tiene, así que se conforma con levantar el cuello de la gabardina y enrosca la bufanda, le da dos vueltas, sólo los ojillos asoman con desesperación, con ganas de hallar y no hallar, buscando entradas laberínticas y atajos hacia su salón para no toparse con nadie en los pasillos, y sabemos qué entiende por nadie cuando tiene ideas como ésta. Llega a su salón, sube a su escritorio, se acomoda. Los alumnos se miran de reojo conteniendo las ganas de reírse. Es el susto mismo, nada más. No es que le hayan perdido el respeto. Para perder algo, debemos haberlo tenido antes y aquí lo que hay es un espectáculo atroz. Una función de gala. El mismo equilibrista haciendo un mismo número sólo que los aros le han caído encima y el conejo, apenas verlo, ha salido huyendo. Se ve cada cosa, parecen decir los alumnos, que le echan la culpa a la universidad pública, creen que ésta es la responsable de procrear y hacer que se multipliquen estos entes; he ahí el resultado de los sueldos míseros, piensan, y ya ni siquiera apuntan: para toda x existe por lo menos una x tal que…

Están en lo de "p o q es verdadero si y sólo si por lo menos p o q es verdadero" cuando entra un administrativo, profesor, ¿puedo darle un mensaje?, y los alumnos se miran, ha de ser la funesta noticia, piensan, sólo así se explica que el maestro se haya convertido en esto. Pero se equivocan, es un sobre. Un dictamen. Su artículo, enviado a una revista de filosofía de las que llaman "de peritaje" lo han aprobado. ¿Qué artículo? ¿Cuándo lo envió? Por supuesto, nunca. Como no fuera por interpósita persona, piensa. Marcela. Marcela lo había hecho por él. Se lo había reescrito, sembrando explicaciones, cuajándolo de adjetivos cual cielo constelado de octubre. Le había corregido los términos, construido una trama. Había metido la tesis de él en una historia, como si la filosofía fuera eso, construir historias y no buscar la verdad pura y dura, cualquier verdad. Pero ¿era esto posible? ¿Pensar sin historias? Y además buscar ¿qué? ¿Cuál verdad? Que todo cabía en una historia era hecho innegable, la prueba era que la suma de términos y axiomas por él pronunciados, uno sobre otro, antes ladrillos que aspiran a construir una sólida torre, la de las ideas cuando conversaba con Marcela, se había convertido en esto, el escrito que tiene ante sí. Algo narrable. Y eso era precisamente lo que le halagaban en la carta. Haber hecho divulgación de las ideas. Haber hecho algo tan simple y comprensible de algo complicado. Una nueva forma de entender la filosofía. Él era el filósofo, ella no. Él especulaba y ella entretenía. Entonces ¿por qué había logrado lo que él nunca pudo, es decir, publicar en una revista de filosofía pura y dura? Y con su nombre, o sea el nombre de él, para peor. ¿Dónde quedaría su prestigio?

Podríamos preguntarnos y tendríamos razón: cuál prestigio. Porque en cuanto dejó de leer el contenido del sobre pudo percatarse de que ya los estudiantes se habían ido, luego de esperar todo el tiempo posible una reacción de él, que no leyera el contenido del sobre ahí, en plena clase, o que si lo leía lo hiciera de prisa y siguiera con el curso y en cambio él leyó aquella carta y la volvió a leer. Nunca los miró ni se interrumpió sino que siguió leyendo aquella carta hasta que sus alumnos entendieron que era el fin. Su maestro se había ido a Andrómeda o alguna otra constelación fuera del ámbito terrestre y era hora de abandonar la clase y, de ser posible, el curso. Aunque, ¿es lógica la reacción de él o no? ¿Es lógico lo que él piensa? Desde luego, lo es, el problema es que el coctel de medicamentos (unos hacia arriba, otros hacia abajo) no deja que lo que pienses sea lógico más que para ti, hace que creas que es lógico y hasta llegues a conclusiones como ésta: ¿qué le pasa al mundo? ¿Qué ocurre con la filosofía? ¿Es que el mundo se está volviendo *light*, o que ya no sabemos leerlo? ¿Es que hay que seguir? Y que una vez que has pensado esto llegues al extremo de preguntarte algo cuya respuesta conoces demasiado bien. ¿Hay lugar para mí, un filósofo, en un mundo como éste?

Y decidas irte, fugarte.

El problema, en realidad, es que en ese momento salgas corriendo de una forma de vida que ya no es, que ya no será, con la bufanda al aire, como una Isadora Duncan de la filosofía que huye despavorida por los pasillos de la facultad, y vayas a tu casa y en vez de llamar a Sabine como habías quedado empaques tres cosas, si a meter tres cosas se le puede llamar empacar, y tomes el automóvil y cruces la ciudad y te lances como un Fittipaldi con esa tartana por la carretera e inicies tu propia fuga.

La fuga de Simone de Beauvoir podría adaptarse a lo que Freud llama la "huida hacia adelante". Durante los años que permanecieron juntos (toda la vida, desde que iniciaron su relación), ella y Jean Paul Sartre defendieron sobre todo su libertad e independencia. No obstante, toda la obra de Simone está permeada por el fantasma de una imposibilidad, por una tercera presencia. De *Los mandarines* a *La invitada*, en sus novelas hay siempre una joven que se entromete entre dos amantes y convierte la relación de la pareja en un infierno.

Muy probablemente, no se puede pensar la historia de la segunda mitad del siglo XX sin considerar a ambos como la pareja prototípica de un nuevo orden, como la encarnación de la moral revolucionaria y la liberación de las ideas. Sin embargo, cuando vivían los dos solía hacerse un chiste en relación con el estrabismo de Sartre. Se decía que con un ojo escribía sus obras y con el otro las de Simone cada vez que se aludía a la inteligencia de ella y a su talento artístico. Con frecuencia, ella escribió acerca de la dificultad que tenía como mujer para vivir de las libertades que en Sartre eran connaturales a su sexo. De hecho su obra maestra, *El segundo sexo*, es precisamente un estudio sobre esa imposibilidad histórica.

Hoy, ella es la famosa de la pareja. De modo que si en vida el cuerpo de él opacó la posibilidad de existencia de ella, tras la muerte de ambos fue la obra quien vino a servir de rasero. *El segundo sexo* es la historia de una venganza. Aunque al escribirla Simone no la hubiera visto más que como una posibilidad de salir de sí, como una fuga.

Que a nadie sorprendería y menos que a nadie a él, Julián, si supiera que el hecho de ir en su Ford Topaz 89 por la carretera libre hacia ningún lado no es precisamente un acto de su voluntad sino el resultado lógico de los últimos acontecimientos. No es que haya decidido tomar vacaciones, no es que vaya a visitar a nadie, no es que su vida se haya vuelto una *road movie*, no. Pero casi. Es que no le queda otro remedio. Está huyendo. ¿De Marcela? ¿De Silvina? ¿De Sabine? La verdad, de las tres. El simple hecho de pensar en ellas lo estresa. Lo obliga a pensar mal. Porque aquí hay algo raro. Aquí hay gato encerrado, piensa. No entiende cómo es que su situación cambió tanto, cómo el amor pudo transformarlas tanto, es decir, tan radicalmente. Por ejemplo, Marcela. ¿Cómo es que una mujer que antes se propuso contra viento y marea que le verían el alma y no el cuerpo, que según le dijo no sería ya nunca una víctima del sexo, cómo es que ese alguien que se dedica a escudriñar los avatares de su género, estudiando su historia, tradición, lenguaje, todos patriarcales como sabemos, va a meter reversa e irse acortando las faldas, que es como decir las ideas, mostrando sucesivamente muslo, nalgas, pubis, vientre, axilas y esa parte de la espalda que desde luego nadie podría llamar cuello? ¿Cómo, quien un día juró que haría lo que fuera para que las condiciones cambiaran, incluidas las suyas, y dijo no ceder, no a causa del cuerpo, ahora no hace más que mostrarlo a su amante, como si le dijera: mira, es todo lo que tengo, es lo único que soy, este cuerpo de treinta y tres años (oscilantes, desde luego) que te estoy dando, y hasta habla de modificarlo para que a él le guste más? ¿Cómo es que inició esa conversación? ¿Cuándo? ¿O es que él en su confusión de los últimos tiempos se lo inventa? Por supuesto que no, no está inventando. A pesar del golpe en las sienes, de la pesadez continua y esa rigidez que se le ha venido a instalar en la parte baja del cerebro recuerda perfectamente lo acaecido en los últimos días.

Primero Marcela le habló de cirugías plásticas, de operarse los senos. Supongo que está bien, dijo él, eso de mejorar la naturaleza. Pero yo te prefería como eras antes. No es cuestión de que esté bien o no. Es simplemente algo que tengo que hacer, dijo ella. Y además ya sé cómo y con quién. Mencionó el nombre de un cirujano con el que trabajaba una chica que se especializó como anestesióloga en Alemania y al oír esto Julián sintió que necesitaba sostenerse de algo. ¿Te sientes mal?, preguntó ella, sí, más bien no, es que de pronto le dio como un vahído. La anestesia es la única parte peligrosa, en realidad, le explicó con la mirada enternecida, lo demás es realmente, ¿cómo podríamos decir?, carpintería, pero él la interrumpió: ¿Qué dices? ¿Qué estás diciendo? Ella lo miró como a un loco recién fugado, pero qué te pasa, estás tan agresivo, qué le estaba pasando desde hacía unos días, dijo. ¿La conoces?, le preguntó él. A quién. Pues a la chica ésa. Cómo iba a conocerla si aún no le habían dado cita. Era apenas un plan, una idea que surgió de la recomendación de una compañera que le mostró cómo había quedado después de ponerse implantes y ella pensó que a él le gustaría. A los hombres en realidad no les importa de qué estén hechos los senos, dijo, mientras estén firmes y redondos. Es un impulso natural, instintivo, eso de excitarse con los senos grandes. De dónde provengan es algo que a la especie humana no le interesa. Las estadísticas no mienten. Todo era producto de algo mecánico, nada más que un estímulo, una reacción: ver un par de senos bien formados y excitarse. Pasarían años, siglos tal vez en caso de ocurrir, para que la distinción entre unos senos con implantes y unos sin ellos provocara reacciones disímiles. Él debió comprender que la absurda cháchara de ella no ocultaba más que un deseo tonto y convencional y que el encuentro con ese cirujano en particular era sólo una coincidencia, sólo que insistió: algo no está bien, porque nunca una idea así se le hubiera ocurrido a Marcela. Y además: ¿de quién aprendió lo de respirar de golpe para que se abra solito el brasier? ¿Lo de tomarlo del cuello y acercarlo muy despacio a la boca, y besarlo, y luego retirarlo súbitamente arrojándolo lejos como si lo despreciara? ¿A quién imitaba? Y si no imitaba a nadie por qué esa última vez en su casa fingiendo que iba a leerle su famoso estudio se desnudó y una vez desnuda hizo como si buscara, y tomó la bufanda que él había dejado en el sofá y se la pasó entre las piernas, jalando por delante con una mano y con la otra por detrás, como si se diera brillo en el pubis y luego la arrojó lejos, triunfal, como si estuviera realizando un acto heroico? ¿Quién de las mujeres ilustres hizo esto? ¿Acaso

Virginia Woolf? ¿Acaso Marie Curie, que más bien salía con su delantal radiactivo y sus faldones y en semejante atuendo se ponía frente a Pierre y sin mirarlo casi le decía: mira este reflejo? ¿Dónde estaba la Marcela de antes? ¿Por qué había cambiado? ¿Para qué? ¿Había un *para qué*?

O era paranoia.

¿Lo era? Tal vez. No podría decir que no estuviera nervioso, que lo estaba, que el hecho de manejar por horas y horas entrando a un pueblo escondido para perderse en él y en seguida tomar de nuevo la carretera y seguir de frente en su carromato no era un signo de algo. Aunque tal vez no. Porque bien podría tratarse de una simple forma de pensar. De un método. Buscar un pretexto como ir al campo a solas, por qué no, huir de la ciudad con la única finalidad de hacerse una pregunta sencilla, algo que cualquiera se haría, pese a las pastillas y al cansancio, uno podría pensar por ejemplo: ¿por qué si *esta* Marcela de ahora me parece insufrible, la Silvina *de siempre* me resulta mucho peor? Porque esto era exactamente lo que sentía por Silvina. Le parecía una plasta, un plomo. Muy independiente en lo público y una desvalida en lo privado. A qué preguntarle tantas veces si *de verdad* la quería, si pensaba en ella, cómo no saber que entre más se pregunta menos ganas dan de responder. ¿Qué se proponía? ¿Había un propósito detrás de estas preguntas? ¿Y de las promesas? ¿Habría un propósito oculto en sus promesas que más bien sonaban a amenazas? Cuando Silvina le hablaba del futuro que les esperaba, él se echaba a temblar. Le parecía estar en un callejón a oscuras con dos cocainómanos a punto de apuñalarlo. Una vida juntos, decía soñadora, ella trabajando, él en casa, adornando mesas a fin de recibir un número constante de invitados, preparando menús, organizando recepciones dignas de la funcionaria eficiente toda sonrisas y diplomacia que sería ella. Y él a cargo de la alegría de los demás, cual era su virtud, rodeado de mujeres y de un niño rollizo e hiperactivo que no le dejaría un minuto de descanso. Habría resultado, de vivir en otra época y ser ella, él, y él, ella. Si en vez de una profesional Silvina hubiera sido quien se quedara en casa y él quien trabajara yendo de país en país. Y si esa necesidad de amar que según Silvina era su prioridad, algo a lo que no podía renunciar, hiciera lo que hiciera, la hubiera volcado en los hijos y no en él.

Pero aun siendo como podía ser, un calvario, esa vida sería preferible junto a la existencia que estaba llevando con Sabine, si es que a ese vértigo podía llamársele existir. La noche anterior a su fuga ella había decidido que luego de hacer el amor (¡tres veces!) irían a bailar *trance*. En algún momento usaron éxtasis y él sintió que lo jalaban en todas direcciones sin ser capaz de contenerse ni estar fijo a un centro. Algo oyó decir a Sabine del cruce con las anfetaminas. Pero en vez de acompañarlo a su casa como él le pidió que lo hiciera o de quedarse allí, a su lado, cuidándolo mientras él se abrazaba a una silla, ella se retiró como solía hacer a levantarse un poco con la coca que algún hijo de puta le había cortado con novocaína. Regresó hecha una furia, como era su costumbre en estos casos. Pero entonces se encontró con un grupo de amigos, irreconocibles para él que solía verlos a todos idénticos: gays o lesbianas con el pelo a rape y tatuajes en los antebrazos o en los hombros, pretendiendo siempre que su agitación era síntoma de estar pasándola estupendamente, y en ese momento se olvidó de su mal humor. Él la vio alejarse siguiendo con la cabeza el ritmo de la música y poco después ocurrió el milagro: dentro de su agitación pareció llegar algo de paz. Pasó el resto de la noche en la misma silla sólo que ahora cómodamente reclinado, cayéndose casi, en realidad, pero sin notarlo, viendo la ola de jóvenes brincar, como un mar que cambia a capricho su corriente y en medio de tanta agitación descubrió algo extraño: una cara inédita de la inmovilidad.

Y decidió que había llegado el momento. Las dejaría a las tres.

Pero al día siguiente, con la resaca y el golpe en las sienes y la pesadez en la espalda que ya eran para entonces un bien inmueble en su cuerpo, supo que no podría hacerlo. No podría renunciar a ninguna, ni siquiera a su ex mujer, a quien estaba unido de por vida a través de su hijo, ese hijo que en cinco años estaría compitiendo con él, temeroso de llevar a sus novias a su casa, sabiendo que a ambos les gustarían las mismas mujeres a causa de esa competencia feroz que impone la naturaleza. No podría renunciar ni a ella ni a las mujeres presentes o futuras porque la vida es una suma de pérdidas y a partir de cierta edad, su edad, pesan más las pérdidas que las ganancias. Y hete aquí que aunque entonces pensó que no podría hacerlo lo había hecho. Había tomado esa determinación. Heme aquí, insistía en voz alta, como para convencerse, atravesando lomas y viendo casuchas de techo de lámina a mis costados, observando a veces el manchón de nubes color malva y nunca o casi nunca el velocímetro.

No encendió la radio, para qué, pensar en lo que le estaba ocurriendo era más redituable. Miró hacia adelante a través del parabrisas: una cuesta allá, varios automóviles, un manchón de abrojos y hatos de paja detrás de los colores a punto de perderse de la tarde. Oiga, ¿hay algún hotel por aquí? ¿Algún lugar donde me puedan rentar un cuarto? La mujer no responde, sigue echando maíz a los pollos, él vuelve a acelerar. Seamos realistas: lo de pagarle los recibos del agua, gas, luz, de parte de Marcela mientras él está con Silvina son cosas que podrían pasar por algo común; socialmente hablando hasta son un hábito. No hay mujer ilustre que no haya hecho algo así en uno o en varios momentos de su vida. Hanna Arendt lo hacía mientras Heidegger pensaba en el ser y el tiempo; Colette también lo hacía con sus hombres, no todo en su vida era perversión; de hecho casi nada lo era, o muy poco si consideramos que escribir sobre la perversión no es lo mismo que ejercerla; más bien lo contrario; Simone de Beauvoir lo hacía aunque lo ocultara; Rosario Castellanos lo hacía; Alma Mahler lo hacía; Frida Kahlo lo hacía, Silvia Plath lo hizo, puntualmente, hasta antes de meter la cabeza en un horno. Pero ¿qué quieres decir? Le preguntó Julián cuando Marcela, con su microfalda y su manuscrito en la mano, le leyó este último ejemplo. Sólo que ella no respondió, y más bien le siguió leyendo. A juzgar por su estudio, en las Mujeres Ilustres no había nada raro tampoco en lo de corregir los escritos del marido o el amante, pasarlos en limpio, editarlos, conseguir que se los publiquen y luego verificar que hayan salido a tiempo, cobrar las regalías por él y hasta emitir algún juicio crítico o varios como hizo Sofía Tolstoi, al decir de Lev Nicolaievich, mientras la pasaba en limpio por tercera vez, que en *Guerra y paz* debía haber menos batallas campales y más vida doméstica, lo que provocó que el conde Tolstoi la considerara su mejor crítico. Era algo común, decía Marcela, ocurre con casi todas las esposas de escritores. En cambio, al revés no. No se había dado el caso o no se conocía de un esposo que hubiera pasado en limpio los borradores de una mujer ilustre. O que amasara el barro para que ella esculpiera esclavos, pensadores, Balzacs gigantescos, y le corrigiera errores o le confeccionara manos y pies porque a ella se le dificultan. O un hombre que organizara los conciertos, que consiguiera a base de artimañas las salas, que administrara las pocas ganancias de la orquesta, hiciera las partichelas, las comidas campestres para los músicos, un hombre, en fin, que hiciera lo que la amante de Béla Bartok había hecho por él en sus inicios, sin lo cual nadie hubiera jamás oído lo que por mucho tiempo se calificó de "adefesio estridente". Y es que antes de entrar en su etapa de *femme fatale* a Marcela le había dado por pensar que los hombres les habían hecho daño a todas y cada una de las mujeres ilustres con las que ella se había topado. Algún tipo de daño. Llevaba un recuento de cómo aun las mujeres que hicieron grandes cosas se habían hundido en el último instante a causa de un hombre. Una a una las iba nombrando, calificando su actuación final como si estuviera en un programa de concursos en la televisión. Y luego dio lectura a un listado aún peor, las mujeres que se habían suicidado: Silvia Plath, Delmira Agustini, Anne Sexton, Concha Urquiza, Julia de Burgos, Violeta Parra, Sara Teasdale, Alfonsina Storni, Virginia Woolf, Alejandra Pizarnik, etcétera etcétera. ¡Pero eso es totalmente absurdo!, brincó él, ¿y si se hiciera un listado de los hombres suicidas? ¿Qué no había habido artistas suicidas en la historia? ¿Pintores? ¿Escultores? ¿Músicos? ¿Y los filósofos? ¿Qué decir de Althusser, que mató a su mujer, a la que a nadie se le ocurriría echarle la culpa? Sólo que Marcela no oía ya, le había dado por perder esa cualidad de saber escuchar que tenía al principio. Desquiciada. Eso había pasado. Loca del todo. Vestida con faldas de licra y bustiers y dando esas lecciones ¿no era ella quien lo había lanzado indirectamente a los brazos de Silvina? Silvina la dulce. La eficiente. La maternal y comprensiva Silvina. Pero ¿cómo alguien como Silvina podía creer en estos tiempos que un hijo no deseado pudiera unir a una pareja? Y además, ¿cómo es que le había propuesto que ya que él no podía mudarse de país a vivir con ella vivieran cada uno en el suyo, siendo de todos modos una familia? Lo lógico es que hubiera buscado a una mujer que no estuviera entre las corrientes opuestas de dos generaciones, alguien que hubiera renunciado al absurdo instinto de reproducirse y pretender liberarse al mismo tiempo. Es decir, que hubiera buscado la salvación en Sabine. Que se aferrara a ese cuerpo joven que le proponía una nueva posibilidad de amar. Una relación libre de ataduras, distinta. Sólo que Sabine no sabía estar sola, siempre se las ingeniaba para rodearse de amigos, de ruido, de idas y venidas. Con tal de no estar consigo misma Sabine era capaz de tomar cualquier sustancia que modificara su estado de ánimo o su energía a fin de obligar a cualquier situación por trivial que fuera a parecerse a una "reunión de amigos". Luego de meses de salir con ella había llegado al corazón de su secreto. Sabine no había aprendido lo que sabía sobre fármacos a través de los estudios sino porque tenía veintiún años y sabía sobre químicos tanto como cualquiera de su edad. Y esa última noche en que fueron a bailar *trance* él había tratado de hacerle saber lo que pensaba a fin de ayudarla. La soledad no es mala, le había dicho, la soledad ayuda a tomar decisiones que te afectan, te hace analizar tus actos, de hecho, es la situación del sabio que en su figura ideal es perfectamente autárquico y busca formas superiores de comprensión, y mientras decía esto, Sabine y sus amigos, colgados hasta el tope, soltaban carcajadas y disfrutaban enormemente el espectáculo de escucharlo dar aquel sermón a gritos. Él guardó silencio, de pronto: se percató de la situación. Trató de concentrarse en esos gestos de burla, en el desinterés de Sabine, por ver si se convencía a sí mismo y se atrevía a decirle en ese mismo instante: se acabó, pero no de este modo, tienes que ayudarme a que te deje poco a poco. Es decir, no a ti, sino a lo que me has dado. "Típico", creyó él oír que decía ella, "tópico", también. ¡Son las drogas!, pensó él, ¡carajo, Sabine!, cómo tengo que pedírtelo, tienes que ayudarme a dejarlas. ¿Ayudarlo a qué? Eso es cosa tuya, ella no era el Instituto de Rehabilitación para Adicciones, soy anestesióloga, le susurró al oído, mi especialidad es otra, Florencia Nightingale es una figura de la era cuaternaria, querido. ¿Hay un hotel por aquí, un cuarto que renten, señora?, se oyó preguntar. La mujer que barría un solar de tierra se encogió de hombros al ver la figura desarrapada y con un gesto vago señaló hacia arriba, a las nubes. Aunque tal vez el gesto fue dirigido a un viejo que venía andando de lejos con un perro atado con un lazo al cuello. Pero cuando él repitió la pregunta ¿hay un cuarto aquí, que renten? el viejo pasó de largo, sin responderle.

En cuanto a su amigo Pável, pensó, mejor era no pensar. Cómo iba a enfrentar la culpa sabiendo que hacía lo que hacía con su hija que era nada, en realidad, y todo a la vez, entregarse, entregarle el cuerpo, ser su laboratorio de pruebas, su matraz. ¿Hay un cuarto por aquí, señor, que renten?, se oyó gritar de nuevo. En las últimas semanas antes de decidir fugarse, Pável le había dejado varios mensajes en la contestadora: ¿otra vez nos vas a dejar plantados, esperándote? Dos: Helga quiere saber de ti. Tres: ¿qué tienes? ¿Estás enfermo? ¿Te podemos ayudar? Mensaje número cuatro: oye, siquiera dinos cuándo vuelves, llámanos al regresar; mensaje dieciséis: bip, bip, bip. La cabeza le daba vueltas, se bajó del coche. Qué extraño, pensó, esta sensación de no haber estirado las piernas habiéndolas estirado; decidió caminar un poco. Lo hizo con cierta dificultad, tratando de evitar las piedras del camino, rodeando la hilera de magueyes que parecía cercarle el paso por donde quiera que se metiese. Cuando Kant daba su acostumbrado paseo vespertino la gente ponía su reloj a la hora, en cambio cuando él pasó frente a una casucha uno de los hombres que estaban parados frente al dintel de la puerta dijo: ¿y este loquito, qué querrá? Siguió andando un buen trecho, acelerando el paso, preguntando por un cuarto a quien se encontrara, confiado en que la caminata le estaba proporcionando grandes beneficios. Luego de meterse casi de un salto a un solar donde fue atacado por un perro del que apenas logró huir, tomó una rama gruesa y decidió seguir andando con ella, a modo de cayado o de arma defensiva. Lo utilizaría en caso de extrema necesidad, tal como le había dicho Marcela que Cleopatra había hecho con el crótalo, tal como Silvina dijo que haría en caso de que no pudiera arreglárselas sola con el niño, tal como Sabine dijo que debía usarse el fenobarbital si querías irte de este mundo. Fue casi al llegar al final del camino donde había una iglesia en la que estuvo a punto de entrar a preguntar por un cuarto que rentaran cuando se le ocurrió pensar: Están solas. Eso era. De algún modo era ésa la razón del enloquecimiento de Marcela, de la decisión arbitraria y absurda de Silvina, de la extraña forma de haberlo hecho dependiente a través de darle Demerol primero, en las anestesias, y luego pastillas, de Sabine. La soledad las había hecho aferrarse a él, cada una a su modo. Pero cómo podían sentirse solas si ahí estaba él. Si ahí había estado. No siempre a su entera disposición, de acuerdo, no de modo permanente. No había sido incondicional a Marcela desde que apareció Silvina, ni a ésta a causa de Sabine, pero cualquiera de las tres sabía o debió haber sabido que siempre podían contar con él. Y no obstante, no lo habían sabido. Era una áspera soledad lo que le pesaba a Marcela y la obligaba a seducirlo de ese modo terrorífico; una soledad hueca y absorbente, como un hoyo negro, lo que había hecho a Silvina embarazarse, y no era más que una soledad inconsciente lo que empujaba a Sabine a obligarlo a pagar por su imposibilidad de llenarla (¡pero si era veinticinco años mayor!) con el precio de su salud. Y su cordura. Y el último resto de energía que le quedaba. De pronto se sintió exhausto. Y tuvo que detenerse. Estaba a punto de caer y tal vez a causa de ello (o para evitarlo) decidió que lo mejor en vez de parar era seguir adelante, no detenerse, si se detenía le sería imposible iniciar la marcha de nuevo. Así que salió de la iglesia y fue caminando más aprisa aún, cada vez más aprisa, usando aquella rama gruesa a modo de bastón para no tropezar, y sin embargo —pudo darse cuenta— caía. Caía irremediablemente pese a sus esfuerzos por bracear y patalear, como si en vez de caer se estuviera ahogando, caía en medio de un camino desconocido entre polvo y piedras y una que otra gallina que huía despavorida, lejos de Kant y la razón pura, a kilómetros de Heidegger y el problema del ser, lejos de todo lo que había amado, entre rostros aindiados que al verlo se preguntaban: y este tarado, ¿qué querrá? Caía y mientras lo hacía iba viendo la realidad delante de él, de cabeza, localizaba aquel día y aquel sitio donde empezó a caer, no en la mañana en que llegó Marcela con aquello de las mujeres suicidas y él dijo: ¡basta ya, Marcela, no puedes ser tan filosóficamente ingenua!, ni en el día en que Silvina le envió un boleto de avión para que él conociera el hospital donde iba a parir y el cuarto que le había acondicionado al bebé, un capullo de objetos y almohadones azules, pues según el último ultrasonido sería niño, y él se desesperó al grado de colgarle el teléfono, ni en esa última noche más aleccionadora para él que para Sabine cuando supo… ¿qué? Había empezado a caer mucho antes, en realidad. Ni los pájaros que lo observaban atentos desde los árboles como sin entender por qué si iba al revés caía hacia arriba, ni la arañas que vio con toda precisión en sus telas, pendientes de las ramas, ni siquiera los indios que ya habían quedado lejos (y este loquito ¿qué querrá?) podían detenerlo porque ya había ocurrido lo peor, ya se había dado ese choque brutal, atronador, el golpe de la caída, aunque nunca durante todo este tiempo ninguna de las tres lo hubiera verbalizado.

Celos. Ellos eran la causa de todo lo que le había ocurrido. Él los había leído entre líneas en el famoso estudio de Marcela, en la saña con que ella trataba de demostrar una tesis hecha *a priori*, error básico en cualquier argumentación formal, que los hombres ilustres fueron ilustres merced a las mujeres y las mujeres, en cambio, pese a ellos; los vio en la gracia deportiva con que tomó siempre el hecho de que él se fuera a Nueva York, a hacer "investigación" preguntando tan sólo: ¿otra vez?; en las miradas de los amigos de Silvina para quienes él era el amante a quien su amiga mantenía mientras estaba de visita pero que tenía otra vida y de vez en cuando se asomaba a la de Silvina como un voyeurista. Y había visto celos también en el socio de Sabine, aquel cirujano de sexualidad ambigua siempre pródigo en consejos profesionales sobre cómo debería cuidarse el cuerpo, la piel que circunda los ojos, recortarse bigote y barba, qué hacer con el pelo hirsuto, las manchas y verrugas que aparecen con la edad, los labios delgados, los profundos surcos en las comisuras de la boca y la piel flácida. Ahora que hubieran terminado de montar la clínica ellos podrían hacer algo por él ¿no era así, Sabine? ¿No podrían dejarlo como nuevo? El cirujano y Sabine se reían, tal vez algún día él ya no fuera el "novio" de Sabine y debía estar apetecible para quien fuera. Además de mal intencionados los comentarios, los contactos con los amigos de sus amantes eran superficiales, pensó, igual que era ya para entonces la relación con Marcela, con Silvina y con Sabine. Y a pesar de todo, la superficialidad lo había estresado. El ver a cada una de las tres, lo mismo que el no verlas. Había tenido tanto miedo estando con una de no ser capaz de reinventarse con la otra, y ellas debieron haber percibido esto alguna vez, algún día en cualquiera de esos encuentros, debieron sentir clavarse en ellas el dardo mortal de los celos al sentirse sustituidas. Cómo era posible que no fuera así. Pero también: ¿era posible, de verdad, que se hubieran dado cuenta? Cayendo irremediablemente trató de detenerse, no pudo, Marcela le reclamó, él pudo verla claramente reclamando luego de esa única escena abiertamente patética en su fiesta, le reclamó en incontables ocasiones a través de su tolerancia, de su buena disposición; ahora lo veía claro. Ésa era otra forma de reclamar. Silvina le reclamó con sus inseguridades y con las promesas que lo obligaba a hacer; con su necedad de quedarse el hijo. ¿O no era esto el peor de los reproches a un amor no correspondido? Sabine, situándose a miles de años luz de su vida, en las estrellas. Yéndose a viajar tan lejos estando a su lado que era como si dijera: tú te puedes ir todas las veces que quieras pero yo también. Todo entre líneas. Así había sido. Le habían echado en cara su abandono sin hacerlo. He ahí la especialidad de las mujeres de hoy: hacer sentir el dardo de la culpa sin que de sus labios salga un solo reclamo. Junto con las casas, un burro solitario, las hojas polvorientas de los árboles, los pájaros y todo lo que había decidido en complicidad con él caer hacia arriba, vino la suma de caricias, besos, jugueteos, enroscamientos y desnudeces, el disfraz de los celos, todo entre líneas. ¿No habría sido mejor que alguna de las tres se hubiera atrevido a encararlo? Al menos eso le habría hecho sentir que tenía la posibilidad de defenderse.

Cuando aterrizó por fin se oyó un golpe seco. Pasaron unos segundos de silencio e inmovilidad donde el mundo pareció quedar suspendido. Entonces uno de los indios se acercó, hurgó en la tierra y lo movió con el pie. ¿Qué encontraste, Manuel? preguntó el otro. Y luego de darle vuelta y ver su rostro lleno de polvo y sangre Julián oyó que el hombre decía: Nada. No había encontrado nada.

Había un televisor empotrado en un mueble y a un costado una mesa alta de forma rectangular, con ruedas. Sobre la mesa habían puesto una caja de pañuelos faciales y una charola cubierta por un mantel. Frente a la mesa, tan larga como para rodarla por encima de la cama, las cortinas azules dejaban entrar un poco de luz que caía sobre la gran cama de hospital con respaldo móvil. Esto es lo que tenía delante, en los tres muros que lo rodeaban: la televisión, la mesa, las cortinas azules. O esto es lo que podía ver. El hecho de que la iniciativa de buscar el control remoto tanteando viniera de él era una señal muy favorable, aunque a la enfermera o psicóloga o lo que fuera esa mujer vestida de civil, fresca y relajada frente a él le parecía más bien que no debía moverse. Tranquilo, le dijo. Y en seguida se puso a apretar botones hasta ajustar el respaldo preguntándole a cada rato: ¿está bien ahí? ¿Más alto? ¿Más bajo? Al principio, a él le pareció que todo se le iba en revisar sus signos vitales, tomarle el pulso y la temperatura, pero luego de un rato una cierta forma de mirarlo, una cierta sonrisa le hicieron creer que había algo más: él le caía bien. Por eso se acercaba tanto y ahora le daba conversación. Primero, la mujer le habló de su situación, lo habían hallado en el piso de su departamento, conmocionado, dijo. Tenía un shock anafiláctico. Una ambulancia lo trajo al hospital en una camilla y lo ingresaron a la sala de urgencias. Como su seguro universitario cubría algunos gastos, lo habían trasladado a esa habitación en la que se alojaba ahora, un lujo que no iba a durarle mucho. Y los médicos aún no podían decir cuánto tiempo tomaría recuperarse. Pero, ¿quién dio la orden?, ¿quién los llamó?, eso es lo que Julián quiso preguntar, sólo que el efecto de los calmantes era aún muy fuerte y todavía tenía la lengua de toalla.

Además del calor y el olor a comida, a excrementos y a desinfectantes se dio cuenta de su desnudez debajo de la bata, así que trató de cubrirse con la sábana. Fue entonces cuando la enfermera o sicóloga o lo que fuera quien sostenía su mano entre las suyas le soltó de forma inesperada: ¿por qué es tan infeliz?

Aunque esa franqueza no era nada común, su frágil condición debía hacerlo acreedor a un poco de compasión, pensó, de calor humano, porque luego de hacerle esa pregunta ella se inclinó hacia él con toda intención de oírlo tenderle una explicación que como si fueran dedos, de pronto se abrió y trató de tocarla. Dijo (o quiso decir) que algunos seres experimentan una aterradora imposibilidad de sobrevivir por sí mismos, de conformarse con su vida, y que esto se debe a una extrema lucidez, a una percepción sensible que si todos tuvieran sería suficiente para organizar un suicidio en masa. No hacía falta sufrir, en realidad, en un mundo tan complejo, cuyo único aliciente estaba basado en la competencia, el miedo a la caducidad y al sufrimiento. De hecho, no entendía cómo y para qué conseguía sobrevivir la gente. O quizá sí; alzó los ojos, la miró: tendría unos treinta y tantos años, tenía una sonrisa fresca y todavía parecía guardar algo de curiosidad, de inocencia. Quizá si ella pudiera verlo como él la veía a ella entendería para qué conseguían vivir algunos.

  Lo extraño fue que ella ni siquiera enrojeció. Era amable y él le hubiera hecho el amor ahí mismo, de haber podido. Si hubiera podido volcar su estado mental en una caricia, en una frase, le habría explicado qué era lo único por lo que conseguía vivir. O si ella lo hubiera escuchado decir lo que él creyó decir y no dijo. Porque estaba sedado. Muy sedado. Y sin embargo, ella se acercó más aún, y luego de un silencio largo, transcurrido desde que él ingresó al hospital hasta ahora en que ella le rozaba el lóbulo de la oreja con sus labios, le susurró: Lucrecia Borgia. Víctor Hugo la hizo monstruosa y a partir de entonces es adúltera, incestuosa y manchada por las más grandes infamias. Pero la hija del papa Alejandro VI fue en realidad una víctima de su padre y de la política. ¿Cómo? ¿Qué quieres decir?, quiso más bien decir él, pero ella siguió, sin hacerle ningún caso. Lucrecia no pudo ejercer nunca su voluntad porque nació débil. A través de Lucrecia se vengaron las atrocidades del más terrible papado. A los once años su padre la obligó a firmar un contrato de matrimonio, y ya empezaba a iniciarse en el precoz noviazgo cuando su padre cambió de opinión y la comprometió con Gaspar de Aversa. Luego anuló el compromiso de matrimonio de su hija y la casó a los trece años con Giovanni Sforza. En seguida el papa la obligó a disolver su matrimonio, y como ella y Sforza se negaron, su hermano César le advirtió que había dado la orden de asesinar a su marido.

Ella lo informa, él huye y el papa hace que una comisión de cardenales declare el matrimonio nulo dando la noticia de que Sforza es impotente. Éste se revuelve airado, perdido el poder, la dignidad y la honra. Es un hombre violento y decide vengarse. ¿Y qué otra venganza mejor que acusar a Lucrecia de ser la amante de su padre y de sus dos hermanos? ¿Qué mayor venganza que aprovechar la muerte del duque de Gandía para difundir que había sido asesinado a causa de los celos de Lucrecia? Detrás de los supuestos celos de Lucrecia están los ataques al papa que sirvieron a la causa de la Reforma. Y está el papa, que cose a puñaladas a los esposos de su hija, que los estrangula, los obliga a huir a uña de caballo y cuando ella está encinta la hace cuidar a su hijo ilegítimo hasta que ella huye a la Corte de Ferrara. Lucrecia fue en realidad una mujer sensible, una mecenas espléndida y justa. Pero sus supuestos celos en realidad sirvieron a su padre para ejercer el poder en nombre de ella.

Algo extrañísimo, en realidad, que aquella mujer le estuviera contando esas historias.

Él hubiera querido explicarle que no le era fácil comprenderla del todo; no es sencillo entender cuando tienes que luchar contra la niebla de tus propias ideas. Pero era reconfortante oírla hablar. Eso sí. Era un placer muy grande verla mover los labios de ese modo insinuador, sonriéndole y mirándolo de reojo cuando hablaba. Era maravilloso sentir cómo regresaba poco a poco a la vida y cómo el solo calor que despedía el cuerpo de ella le producía un bienestar inexplicable, unas ganas inmensas de tocar, de oler, de abrazarla. Habría querido decirle que pese a que ella lo viera momentáneamente en ese estado él podía hacerla sentir como nadie, todo era cuestión de que le diera el tiempo necesario para reponerse. Sólo que no lo dijo. Y no precisamente porque los medicamentos no hubieran empezado a ceder sino porque le pareció extraordinario que la enfermera o sicóloga o la asistente social que le estaba sonriendo de pronto al hablar le recordara tanto a alguien que él conocía, que tuviera los mismos pechos pequeños y el mismo modo de echar la cabeza hacia atrás, al reírse, la misma forma de insinuarse y gesticular de... Y es que al diluirse del todo el efecto de los calmantes pudo ver que ese modo de sonreírle con algo de timidez, que esa obsesión por hablarle de otras mujeres era lo que la hacía tan parecida a... ¡Marcela! ¡Por supuesto! ¿Cómo es que no lo había visto? De las tres, sólo ella podía haberlo rescatado. Se lo había dicho Helga, aquella mujer tranquila y sabia a su modo, la única con la que tienes alguna posibilidad real de ser feliz a futuro es Marcela. Sólo que él no había hecho nada al respecto. No lo había creído, o había supuesto que era otra su prioridad, y ahora era Marcela quien le estaba tomando la mano (no el pulso), y tocándole suavemente una mejilla o la frente (y no averiguando si tenía o no temperatura), y aunque soltaba esa retahíla absurda sobre lo que en realidad habían hecho las mujeres ilustres, por lo menos no traía aquellas faldas negras y casi húmedas, como pintadas en el cuerpo, sino que había vuelto a sus pantalones de mezclilla y su saco de terciopelo negro horroroso, sobre cuyas solapas caía una bufanda de hilos de colores. Pero no sonreía, no exactamente. Él se había confundido. Más bien lo miraba con una mueca displicente y de vez en cuando le daba a beber sorbitos del concentrado de manzana repugnantemente dulce que le habían traído del comedor del hospital para suspender el ayuno. Y además, no estaba sola. En cuanto ella se inclinó a poner el vaso de concentrado en el buró pudo ver que a su lado había una sombra. De pie, junto a ella, Silvina con un vientre inmenso lo miraba con cierta fascinación, como se mira un fósil o un embrión, una criatura a medio camino entre la vida y el mundo de la materia inanimada que después de todo, se mueve. ¡Silvina! ¡También estaba ahí Silvina! Y ¡Sabine!, quien sentada al fondo del cuarto con los brazos cruzados lo miraba, divertida, hacer esfuerzos inauditos por incorporarse. ¡Qué hacen aquí las tres!, trató de decir, sólo que no surgieron las palabras, de hecho no surgió más que una suerte de bramido que se fundió en un quejido cuando trató de incorporarse y poner los antebrazos en la cama. Es muy posible, pensó entonces, que todo esto no sea más que producto de mi imaginación, las drogas pueden llevarte a lugares remotos y dejarte en valles alucinantes, en peñascos gigantescos, en un viaje eterno. Heme aquí viajando, vuelto un viajero frecuente, pensó, el hombre de éxito de los promocionales, y sonrió a su propia ocurrencia. Tal vez su destino era viajar para siempre a países donde invariablemente estarían ellas tres, sin tener un pasaporte de regreso.

¿Qué hacemos con él?

La voz que pronunció estas palabras fue la de Marcela. Lo dijo al mismo tiempo que cerraba el legajo del que le había leído (o tratado de leerle) los últimos capítulos de su estudio. Había concluido su investigación sobre las Mujeres Ilustres, idea que le debía a aquella madre y aquel Altar pero que en la práctica había inspirado Julián de muchos modos y que ella le reconocía al ponerlo en la dedicatoria. Para qué escribe uno, para quién. Qué significa escribir

Para aquel que escribe, desde luego, su libro es su propia habitación, y misteriosos son los modos en que un hombre queda dentro. El otro hombre, el real, una vez escrito el libro no tiene la menor importancia.

¿Cómo que qué hacemos?

Silvina, desde luego, no tenía la menor duda. Haría con él lo que Julián le había propuesto que hicieran con el hijo de ambos cuando ella le dijo estar embarazada. Sólo que a su edad no era tan fácil. No era nada sencillo deshacerse de un cuerpo de tales dimensiones que además había probado resistir dosis de caballo de lo que le dieran.

¡No me miren a mí!, dijo Sabine, yo ya hice todo lo que pude. Entonces él abrió los ojos de forma descomunal. ¿Tú? Entonces ¿era deliberado que…? ¿Era a propósito…? quiso decir escupiendo sus primeras palabras en torrente, salpicadas de saliva, mirando incrédulo y sin entender. Al ver el espectáculo Silvina y Marcela hicieron un gesto de asco. Como adivinando que aquel extraño barruntar podía ser una reacción de Julián (su primera reacción racional) a lo que había dicho, Sabine le aclaró: no te di nada que no fuera legal. Ni nada que no quisieras. ¿Y las…? quiso añadir Julián, quien no pudo recordar el nombre, no pudo recordar ni decir nada, en realidad, salvo un bufido, si a eso se le llama decir, a tratar de sacar algo a través de la boca y acompañarlo de esa indignación de los ojos. En ese momento sonó el teléfono móvil de Sabine y ella se puso de pie para sacarlo del bolsillo trasero de su pantaloncito. Era el reporte de sus mensajes perdidos. Esperó a oírlos todos, colgó y guardó el móvil en el bolsillo de su bonito trasero antes de volverse a Julián, cruzarse de brazos, y preguntar: ¿y las qué?, ¿las tachas? ¿Eso quieres decir? Eran benzoato de sodio con azúcar, un placebo. La mente de un filósofo no lo hace más racional ante emociones primarias como el dolor o el miedo, como pudimos darnos cuenta. La ciencia ha demostrado funcionar igual en intelectuales que en gente con capacidades de raciocinio mínimas. Es la prueba fehaciente de que contra la opinión que tengamos de nosotros mismos somos un sistema nervioso central bastante predecible.

¿Oyó a Sabine decir esto o se lo imaginó? No podía estar seguro. De lo que sí tenía plena seguridad, en cambio, era de que lo que estaba viviendo sólo podía deberse a una cosa.

Celos. No había la menor duda de lo que era capaz de hacer una mujer celosa por venganza. Sólo así se explica que él estuviera en ese hospital con Sabine acomodándole el catéter con el que había empezado a tener problemas y Marcela retirando el manuscrito que había puesto en el sillón para que se sentara Silvina. Que cada una hubiera cambiado tan radicalmente en un tiempo tan corto. ¿O a qué otra cosa podía deberse? ¿Podía deberse a algo más? ¿Sería que ya eran así las tres, en realidad, desde antes, y la infatuación amorosa no lo dejó darse cuenta?

He ahí uno de los grandes problemas del amor: que una vez enamorados ya no sabemos (no sabremos jamás, en realidad) si el ser amado ya era así o si cambió a causa del enamoramiento. No obstante, se podría apostar, él está seguro de que aquí hubo algo que jugó un papel fundamental. Que algo nunca dicho ni mencionado de forma oblicua siquiera, en un tiempo donde su nombre se ha vuelto sinónimo de inseguridad, de posesión absurda, determinó el camino de su infausto amor. Las tres se habían sentido celosas. Sólo así se explica que aquella noche en Nueva York, habiendo ido todo tan bien, surgiera de pronto esa insistencia de Silvina de *asegurarse* de algún modo que siempre habría alguien ahí a quien ella podría amar y que la amaría. ¿Yo? había preguntado ingenuamente él y vio entonces cómo ella se dio vuelta en aquella habitación del Waldorf Astoria, y comenzó a vestirse sin siquiera tomarse la molestia de contestar. Que alguien debería existir, siguió diciéndole Silvina, alguien que estaría esperándola cuando ella volviera a casa, cansada de trabajar, porque entonces trabajar tendría sentido. Hacerlo para alguien, por alguien. No sólo para ella. Saber que tiene otra vida, además de la profesional, esto era para ella muy importante. El problema de la moral actual, le dijo aquel día en que contra su costumbre de preguntar ¿me quieres? y hablarle como niña pequeña a su pene, se mostró extrañamente articulada, una moral basada en un régimen económico de producción y consumo, es que supone que un individuo puede vivir para el trabajo remunerado y el gasto, y que esto es suficiente. Pero ¿cuál es el sentido de la vida entonces? ¿Ahorrar para después morirnos? Silvina lo miró, hizo un gesto compungido y siguió calzándose las botas. Desde luego, no, dijo. Hacía más de medio siglo (después de la Segunda Guerra Mundial, para ser exactos) que el ahorro había dejado de ser un valor. Y aún entonces, tuvo sentido porque había un porvenir, basado en la procreación. En la era del individualismo extremo gastar era la única justificación a nuestros afanes. Pero a ella no le era suficiente con gastar, dijo. Vivir, como él hubiera querido que ella hiciera, para trabajar y gastar, le parecía absurdo.

¿Pero es que él quería que ella viviera para trabajar y gastar? Bueno, en cierta forma sí, pues él no había pensado mantenerla. Para trabajar, al menos, sí. En cuanto a lo de gastar... ¿podríamos (podría él, hubiera podido) censurarla por querer vivir para algo más que un departamento en el Upper West Side o un *loft* en Soho, ropa de diseñador, accesorios exclusivos, un viaje anual a Europa y alguna excursión a los grandes glaciares en helicóptero o a las montañas de Australia para hacer rappel? ¿Podría él censurarla por querer vivir para algo más que vivir en Nueva York y hacer montañismo? Desde luego que no. No podría. ¿Y si además de *eso otro* que Silvina decía necesitar en su vida, quisiera el departamento en el Upper West Side o el *loft* en Soho, la ropa de diseñador y los viajes, podría censurarla? No; tampoco. No podría. No pudo hacerlo entonces, en todo caso, ni puede ahora, estando como está, frente a ella en esa cama de hospital, no sólo porque tiene aún la mente algo confundida, pastosa, ni porque la lengua se le enreda en los dientes y no responde, sino porque básicamente Silvina no le pidió nunca nada, ni siquiera su apoyo para tener lo que a juzgar por los síntomas tendrá en breve. Lo que tiene es resultado de un esfuerzo sobrehumano por oponerse a cualquier negativa, a cualquier imposición, y es algo exclusivamente suyo. Está la situación del esperma, la semillita originaria, de acuerdo. Sin ésta, Silvina no luciría el vientre de Hindemburg que luce ahora. Si por lucir entendemos, claro está, ese contoneo naval, abriendo los pies, que a él le horroriza, ese como tic recurrente, asentar ambas manos por detrás de la cadera echando el cuello y la cabeza al frente, cuando le hablan; esa solicitud casi perversa que parece reclamar en todo momento de los otros, como Sabine y Marcela, que le insisten que se siente, por favor, que se siente en el sillón donde acaban de colocar la almohada que le han arrancado a él, ¡*su* almohada!, (¿podría él haber dicho que no?) para ponérsela en la baja espalda. Y es que aún en este caso Silvina no lo pidió. No ha pedido nada, ni siquiera la almohada. Julián no recuerda en ningún momento que le hubiera dicho: ¿podrías por favor pagarme un hotel en Nueva York, por ejemplo el Waldorf Astoria, subirme a la habitación, tenerme ahí champaña, desvestirme, tomar posesión de mí y luego de gozar de mi cuerpo, depositar en mi vagina un número considerable de espermas, preferentemente jóvenes y frescos, espermas surgidos de una privación sexual de al menos quince días para garantizar que yo pueda engendrar un hijo fuerte, normal y sano? Por supuesto, no. No le pidió nada. Más bien fue él, sin que nadie le insistiera, quien decidió gozar solo, yendo siempre al frente y como el soldadito de plomo hasta el final, ajeno a ella, al mundo y hasta a sí mismo, y luego de esta pequeña gran faena acurrucarse en el hombro de ella y sonreír y quedarse dormido. ¡Pero es que él creyó que ella se cuidaba! Ahí está el problema: él creyó. ¡Pero si él le dijo y le explicó por qué no podía tener más hijos! Con el que tenía (que había sido un fallo también, un error) era ya suficiente, él no sabía tratar con menores, no podía, le horrorizaba todo el asunto de la paternidad y la reproducción en serie y, como dijo Borges, los espejos.

He aquí un problema más que de cálculo, de enunciación. Le dijo por qué no podía, no por qué no lo haría. Y de poder, ya vio: sí podía.

¡Silvina…! logró decir Julián, casi en un gemido, tratando de incorporarse en la cama. ¿Qué? ¿Te hice daño al marcharme así, la última vez, sin decirte nada? Silvina lo miró desde su sillón, echando el cuello al frente y frunciendo el entrecejo, como si lo enfocara. De qué hablas. Es que… ¡si hubiera podido quedarme contigo lo habría hecho!, exhaló Julián. Si te hubieras quedado no habría podido ir a trabajar, ni habría llegado a tiempo a recoger al embajador de la India, ni habría podido encargar los quesos rellenos y los papadzules para la cena de patronos dedicada a Mérida, ni preparar mi charla sobre Cocina y Poder, ni tener la plática que tuve con el presidente de la Asociación de Museos del Mundo después de la cena, porque tú siempre te querías ir antes y me pedías que me fuera contigo. Decías que te daba vacío existencial irte solo en taxi. Julián se sonrojó y se dejó caer en la cama, vencido. No había perdido el pudor y sentía vergüenza de que sus asuntos íntimos fueran ventilados en público, es decir, delante de Marcela y Sabine. Quiso jalar las sábanas que se habían resbalado, pero con el movimiento el catéter que Sabine le había ajustado se volvió a aflojar. Le habían hecho un lavado de estómago tan profundo que había requerido de anestesia general, por lo que tenía que orinar en una bolsa a través de aquel tubo. Y ahora le vinieron náuseas y tuvo un par de arcadas. Sabine lo ayudó a incorporarse con una actitud de total indiferencia, y le acercó la batea de metal llamada riñón donde escupió un par de veces. La miró actuar, fría y eficaz, como había hecho en otros momentos y frunció las cejas en un gesto de conmiseración. Sabine, yo…, dijo. No quisiera que pasaras por esto… Ella alzó una mano, como si con ese gesto quisiera frenar una avalancha de mosquitos que hubieran errado la dirección. Estoy acostumbrada, dijo. La gente hace las cosas más extrañas después de la anestesia. No me refería a eso, sino a… quiso decir Julián. ¿Me guardas algún rencor? De eso es mejor que hables con mis padres, respondió Sabine. Se deprimieron muchísimo cuando les dije lo que estaba pasando entre nosotros. ¿Les dijiste…? Tuve que hacerlo, respondió ella, seca y distante, mientras extendía la sábana y la metía en la cama por los lados. Mi padre ya había ido a levantar una denuncia por tu desaparición y estaba a punto de iniciar una investigación en todas las delegaciones por su cuenta. Pero… ¡es injusto!, dijo Julián, mirando a las tres con impotencia, yendo sucesivamente de una a otra. ¡Yo te ayudé a montar la clínica!, le dijo a Sabine, ¡a concebir un hijo!, le echó en cara a Silvina, y a ti, Marcela… se mordió el labio inferior. Mira, quiero explicarte lo que sucedió. ¿No podríamos hablar a solas? La verdad no entiendo para qué, respondió

Marcela. Además, no tengo tiempo. Todavía no tengo el final y debo entregar el manuscrito hoy mismo. Míralo, aquí está. Mañana entra a prensa. En la editorial les pedí un poco más de tiempo porque no quería dejarte sin conocer los últimos capítulos. Claro que me faltó leerte un trozo bastante largo, pero en tu estado... en fin. Sólo quería compartírtelo. Me habría gustado muchísimo que presentaras el libro, pero dadas las condiciones... Oye, no pongas esa cara. De todos modos pienso darte crédito.

Sabine interrumpió a Marcela, siento apurarte, dijo, pero no es conveniente que Silvina permanezca tanto tiempo aquí. Ya sabes que ella no se queja nunca, pero esto en las mujeres es más bien un problema. Julián se avergonzó. Recordaba haberse despertado entre quejas, incorporarse en la cama quejándose también, quizá se había quejado desde antes, todo el tiempo, desde que... ¿quién de las tres lo había descubierto en su casa?

¡Oigan!, dijo, ¡esperen! Las tres se dieron vuelta. Ustedes... se dirigió a Marcela y Silvina y señaló a Sabine. ¿Cómo se conocieron? En realidad fue muy fácil, dijo Marcela, Sabine nos llamó ¿las llamó?, sí, cuando decidió montar la clínica. En ese momento el móvil de Sabine volvió a sonar. Lo siento, dijo. Hay una cirugía en media hora, tengo que irme. Por lo visto, sus ahorros habían servido para algo, pensó Julián. De él no sabía qué iba a ser, pero en cambio a los veinticuatro años Sabine tenía ya un futuro. ¿Cómo terminaste de pagar las camillas? ¿Y el desfibrilador? ¿Y los tanques de oxígeno?, preguntó Julián. Sabine lo miró expeliendo el aire por la nariz, en aquel gesto tan suyo. Aprendiendo a hacer tu firma. ¿Mi...? El resto de lo que tenías en la chequera lo usamos para pagar al analista de tu ex mujer. Nos dijo que le debías más de seis meses. Y algo usamos para ir abonando los gastos del futuro parto, aunque en realidad la mayor parte la cubrió el seguro de Silvina.

Por lo visto, la única que no había abusado de él era Marcela. Julián la miró. Sí, fue mi idea, dijo ella. Es parte de lo que uno aprende cuando estudia al género.

Antes de que él pudiera añadir algo, se acercó a despedirse y Sabine aprovechó para dar unas instrucciones a la enfermera. Luego, Silvina tomó su mano derecha y la depositó sobre su vientre. ¿Sientes?, le preguntó mientras le hacía una seña a Marcela para que la esperara.

Pero ¿se van?, dijo él, ¿y yo?

Tú vas a estar muy bien, le dijo Marcela. Imagínate: todo este tiempo para ti solo. Podrás pensar todo lo que necesites. ¿No es lo que has querido toda tu vida? Pero, ¿y cuando vengan...? Cuando lleguen los del seguro a querer sacarte podrás discutirles tus puntos y quizá hasta logres convencerlos. Eres un hombre especialmente dotado para la argumentación. Pero, ¿y...? Y mientras tanto, tienes tu independencia. Siempre te ha gustado tomar tus propias decisiones. Y como nos dijiste que te gustaba tanto estar solo ordenamos que prohibieran cualquier visita. También que te quitaran el teléfono y desconectaran la televisión. Así que no te preocupes, no tiene cable. Y nadie va a venir a molestarte.

Sabine fue la primera en salir. Silvina y Marcela le hicieron el último gesto de despedida, desde la puerta. ¡¡Oigan!!, volvió a gritar Julián, ahora con desesperación ¡¡Esperen!! ¿Cuánto tiempo voy a estar aquí? No mucho, respondió Marcela. El seguro de la universidad es bastante bueno, pero no para estos casos. En el contrato no hay ninguna cláusula que considere las adicciones como accidentes. Me costó mucho tramitar ya la parte que han cubierto como una excepción y eso, sólo en función de tu antigüedad. ¿Ves cómo la edad sí obra en nuestro favor, a veces?

¡¿Y luego?!, siguió gritando él, tratando de retener por última vez a Marcela, antes de que se fuera, ¡¿Qué va a pasar conmigo luego?!

Luego ya verás. ¿Para qué te preocupas ahora? Siempre has sabido qué hacer.

La retirada, según la describe Tolstoi en *Guerra y paz*, es una de las maniobras militares más difíciles. Que trae o puede traer consecuencias nefastas, basta con recordar el episodio de Napoleón en Waterloo. Por no hablar de su retirada final, el exilio en la isla de Elba, ¿alguien sabe qué hizo allí además de deprimirse? Pero la retirada no es una maniobra que uno elija a voluntad, no propiamente. Es el producto natural de un ataque frontal que nos rebasa, y un claro atisbo de la derrota. Si uno se va es porque no hay más remedio. No hacerlo a tiempo es condenarse a la locura althusseriana, y véase el final del conde en Astrapovo. ¿Tenemos constancia pormenorizada de lo que hicieron los grandes estrategas en su retiro? De Julián en cambio podríamos decir que se preguntó ¿qué hago aquí?, no por qué estoy en este hospital o por qué convalezco, sino qué hago aquí, en el mundo, algo más general y propio de un filósofo, y por tanto, una pregunta que tiene que hacerse dada su condición, tenga o no respuesta. Que puede no tenerla, de acuerdo, cuando uno la hace es más bien con la intención de entender sus errores o de justificarse, o de plano porque necesita exhibir su condición de víctima. Enseguida de hacerla levantó los ojos, distinguió el rostro de un viejo bastante mayor que él a su derecha, siendo un hospital público nadie podía garantizarle que no se llenaría su habitación de pacientes por más que estuvieran prohibidas las visitas. Qué hago aquí después de haber venido a cometer este error garrafal, qué hace el equilibrista cuando pese a todo pierde el equilibrio. Al ver el gesto que hacía el otro, le dieron unas ganas inmensas de decirle "puedo explicarlo" y luego de esto pensó al constatar su triste condición: el dolor nos hace parecernos, pero no lo dijo. Temió ser mal interpretado, ofender al vecino y es que nunca creemos ser lo que los demás ven en nosotros mismos. Se concentró en sus arrugas, en los belfos caídos, como de alguien que no tiene los dientes delanteros, ni de arriba ni de abajo, en el color amarillo, el pelo enhiesto y gris como una alambrada y las bolsas bajo los ojos. Si Sabine lo viera, se encontró sonriendo para sí, mi vecino sería un candidato formidable a la cirugía reconstructiva, salvo que a su edad quién sabe si aguantaría la anestesia. Vino entonces un pensamiento peor, más cruel si se puede, y esto fue que aunque su vecino pudiera sobrevivir a la anestesia, él ya no podría recomendarlo pues ya no tenía nada que ver con Sabine. Ni con Marcela, por cierto, a quien no podría comentarle este suceso o cualquier otro, ni con Silvina. Y no obstante, a pesar de que se habían ido de su vida tendría que cargar con las tres para el resto de sus días. Esto es lo que pensó: que quien no podría quitárselas de encima sería él, aunque ellas ya lo hubieran dejado, pues ¿qué era él, además de ese cuerpo yerto observando a un viejo enfermo, sino la acumulación de lo vivido? Un cadáver que arrastra tres cuerpos, eso es lo que era. Y este pensamiento, paradójico como todo gran pensamiento que se precie, lo hizo sonreír: he ahí el problema del amor, pensó, que aun despojándonos del todo al final nos deja siempre sus restos. Trató de comentarle al viejo su descubrimiento, ¿se da cuenta, le dijo, que lo que usted y yo estamos viendo en el otro es la suma de tanta juventud? Sólo que el viejo no lo oyó y más bien repitió lo mismo, así que Julián pudo percatarse con cierta perplejidad de que era él lo que estaba viendo en un espejo. ¿Sirve de algo preguntarnos con quién nos quedamos cuando nos quedamos solos? ¿Y contestarnos? ¿Sirve de algo?

Pero sobre todo: qué remedio nos queda. Mary Shelley se lo preguntó la noche después que Lord Byron se burlara de su falta de ingenio y la retara a escribir sobre su hija muerta; Polidori se lo preguntó a hora similar consumido por el despecho. De la pregunta de ambos surgieron dos grandes historias para la humanidad, dos novelas maestras. De la de Julián no surgió nada, no cabe esperar que siempre salga algo de cada pregunta.

Trata de mirar a través de la ventana y mientras se estira todo lo que puede en la cama ellas ya han tomado el elevador, van saliendo del último pasillo, cruzando el lobby del hospital, criticando al pobre hombre que les invita un café, que les pregunta la hora, al taxista que les lanza un piropo, atravesándose para pagar el estacionamiento, haciendo planes, conversando animadamente. ¿Tú crees que hicimos mal en venir a verlo? dice Marcela, tan dada siempre a preguntar, tan amante de la mayéutica. Cómo vamos a haber hecho mal, dice Silvina, a los hombres les gusta sentir culpa. Se sienten más ligeritos, más contentos luego de pedirte disculpas.

Y tú deberías sentirte feliz, también. Cuando haces una obra de caridad, o de solidaridad como es nuestro caso, debes sentirte muy segura. No es poca cosa tampoco permitir que alguien haga catarsis. Sabine está completamente de acuerdo, y aunque no sabe lo que es hacer catarsis, dice: si alguien pide perdón por algo que cree haber hecho es su problema. En el perdón lleva la penitencia. A eso me refiero, dice Marcela. Haber venido a verlo es muy fácil para él. Le da una paz de espíritu que no esperaba.

¿Son los celos el fin del amor o la prueba irrefutable de que a alguien le importas?

Esto es lo que Marcela querría saber. Si es una venganza lo que ha hecho, es que aún está jugando el juego.

Luego de pensarse por horas como un hombre exprimido, explotado, una víctima, Julián consiguió que alguien viniera a abrirle las cortinas azules y se quedó mirando por la ventana. Súbitamente, las hojas que el viento agitó en el árbol frente a él lo hicieron darse cuenta de algo que no había visto: era un cedro. A pesar de los años que debía tener, sus hojas estaban siempre verdes. Entonces sonrió. Pensó en cuando volviera a la universidad, en cómo haría para incluir lo que había vivido a fin de hacerlo rentable, de algún modo. Se ubicó frente al salón, sacó el libro de lógica, los apuntes del portafolio. Vio a aquella joven estudiante recién inscrita, con la ilusión de oírlo discurrir grabada en sus ojos. Adivinó la escena y por primera vez en mucho tiempo se sintió invadido de una extraordinaria paz. Él le contaba su historia y ella venía a rescatarlo.

Alta infidelidad
se terminó de imprimir
en noviembre de 2006,
en Grupo Caz, Marcos Carrillo 159,
Col. Asturias, C.P. 06850, México, D.F.
Composición tipográfica: Angélica Alva Robledo.
Cuidado de la edición: Ramón Córdoba.
Corrección: Lilia Granados y Rafael Serrano.